사실은,

단 한 사람이면

되었다

사실은, 단 한 사람이면 되었다

정해연 장편 소설

차례

2025년 6월 4일.

발아래는 천 길 낭떠러지였다. 햇빛은 그녀를 태워 버릴 듯 뜨거웠고 이따금 흘러내리는 땀방울이 턱에서 떨어져 어디론가 사라졌다. 그녀의 축 늘어진 한쪽 손과는 반대로 다른 쪽 손은 벼랑의 나무뿌리를 꼭 잡고 있었다.

"이건 아니야!"

공포가 아닌 슬픔으로 그녀의 목소리가 떨렸다. 터질 것 같은 가슴은 그녀의 목에서 꺽꺽 소리가 나게 했다. 늘어진 팔과 달리 벼랑의 나무뿌리를 꾹 잡은 자신의 손이 저주스러웠다. 그럼에도 놓을 수 없는 이 두려움까지도.

"누가 좀……."

그녀는 울면서 입을 열었다. 턱이 덜덜거렸다. 아랫입술을 꾹 깨물었다.

"누가 좀 도와주세요!"

그렇게 소리친 순간, 위에서 시선이 느껴졌다. 그녀는 본능적으로 고개를 꺾어 위쪽을 쳐다보았다. 할머니 한 명이 쭈그리고 앉아 조용히 이쪽을 내려다보고 있었다. 그녀는 그 할머니를 알고 있었다. 처음 만난 것은 이십여 년 전이지만 명확히 기억한다. 게다가 할머니는 그동안 조금도 얼굴이 변하지 않았다.

절벽 중간에 매달린 채로도 할머니가 웃고 있다는 것을 느낄 수 있었다.

"결정 내리기 어렵겠지. 운명은 쉽게 변할 수 있는 게……."

"쓸게요, 소원."

그것은 마치 할머니에게만 하는 소리가 아닌 것 같았다. 스스로에게 다짐하는 것처럼 들리기도 했다. 할머니는 나직한 숨을 내쉬었다.

"운명이란 건 쉽게 바뀌는 법이 없지."

"그럼 어렵게는 바꿀 수 있다는 거잖아요."

"그런 일은 거의 없어."

"전혀 없는 일은 아니군요."

"여태껏 일어난 적이 없다고."

"제가 처음으로 해 볼게요."

할머니는 깊은 한숨을 내쉬었다. 잠시 고민을 하는가 싶더니 고개를 크게 끄덕였다. 할머니는 주름진 입술로 들리지 않는 말을 중얼거리기 시작했다. 초여름이라 날이 더웠는데도 알 수 없는 냉기가 얼굴로 훅 불어닥쳤다.

갑자기 눈앞이 흐릿해지더니 나무뿌리를 잡고 있던 손이 스르르 풀리는 것이 느껴졌다. 그녀는 더욱 힘을 주어 뿌리를 잡으려고 했지만 잘 되고 있는지는 스스로도 알 수 없었다. 정신이 점점 몽롱해졌다. 깊은 잠 속으로 빠지기 전, 어딘가 멀리서 알 수 없는 할머니의 목소리가 들렸다.

"절대로 세상에 벌어지는 사건에 직접적으로 끼어들어서는 안 돼. 그리고 잊지 마. 이걸로 너와의 약속은 끝인 거야."

순간, 그녀의 몸 주변으로 빛의 결정들이 휘몰아쳤다.

은아

2023년 5월 13일.

은아는 눈을 떴다.

매일 아침 이 순간, 가장 먼저 드는 감정은 '아쉬움'이다. 또다시 눈을 뜨다니……. 또다시 학교에 가야 한다니…….

보통의 아이들이 "학교 가기 싫어!" 하는 정도의 투정이 아니다. 죽을 것 같은 기분이다. 그래도 은아는 억지로 몸을 일으킨다. 학교에 일찍 가는 것도 늦게 가는 것도 싫다. 다른 아이들의 주목을 받을 것 같기 때문이다. 아이들이 많이 등교하는 시간에 아이들 틈에 섞여 자신의 자리에 앉는 것이 가장 좋았다.

은아는 침대에 앉아 손으로 얼굴을 쓸어내렸다. 정신이 좀 차려지는 것 같았다. 어젯밤에는 또 악몽을 꿨다. 반 아이들이 전부 자신을 둘러싸고 손가락질했다. 울면서 화장실로 들어가 숨었는데 바닥에 큰 구멍이 뚫려 있어서 변이 가득한 똥통 안으로 빠져 버렸다. 온 팔다리를 휘젓다가 잠에서 깼다. 어떻게든 더 빠지지 않으려고 허우적대서 그런지 온몸에 알이 밴 것처럼 뻐근했다.

'똥 꿈은 돈 꿈이라던데.'

은아는 고개를 가로저었다. 자신에게 그렇게 좋은 일이 일어날 리는 없다. 학교 때문에 스트레스가 커서 그런 꿈을 꾼 게 분명했다.

더 지체하면 학교에 늦을 것 같았다. 다들 자리에 앉아 있는 상태에서 문을 열면 이목이 쏠린다. 그 장면을 떠올리는 것만으로도 척추부터 딱딱하게 굳어 올라오는 기분이 들었다.

은아는 방문을 나섰다. 아무래도 꿈 때문인지 몸이 뻐근했다. 기지개를 켜며 거실을 통과해 화장실로 향하고 있을 때였다.

"야! 이은아! 지금 오오티디(OOTD)* 찍는데 너 다 나왔잖아!"

새된 고함에 은아의 목이 자라처럼 들어갔다. 은아는 뒷걸음질 쳐 언니인 은진의 방을 들여다보았다. 원목 전신 거울 앞

---

*오오티디(OOTD) : Outfit of the Day의 줄임말로 오늘의 의상을 뜻하는 용어. 주로 유튜브 같은 SNS에서 사용된다.

에서 이쪽을 보며 인상을 구기고 있는 은진의 손에 카메라가 들려 있었다.

"넌 그 몰골로 내 채널에 올라오고 싶니? 구독자 다 떨어트릴 일 있어?"

"미, 미안……."

은아는 구부정하게 선 자세로 고개를 살짝 숙였다. 영상을 찍는 데 방해가 된 것은 미안하지만 '그 몰골'이라니……. 아침에 일어나자마자 상태가 안 좋은 것은 당연하지만 왠지 은아에게는 그런 뜻으로 들리지 않았다. '못생겼다.'라는 말로 들렸다. 반 아이들이 그렇게 말하는 것처럼.

언니인 은진은 고등학생일 때부터 유튜브 채널을 운영 중이었다. '지니의 나날들'이 언니의 채널명이었고, 보통 브이로그를 올린다. 은아의 입장에서는 남이 옷을 입는 것, 공부하는 것, 카페 가는 것 등의 일상을 보는 것이 뭐가 재밌을까 싶은데, 구독자들 입장에서는 그렇지도 않은가 보다. '알라딘'이라는 구독자 애칭까지 존재한다. 이제 스물두 살이 된 언니를 '언니'라고 부르는 사십 대의 '동생들'도 있다. 자기보다 멋지면 다 언니란다.

은진은 아침에는 보통 그날그날의 착장을 담는다. 그런데 촬영 중에 거울에 지나가던 은아의 모습이 찍힌 듯했다.

"아유, 너는 언니 일하는데 아침부터 왜 귀찮게 굴고 그래?"

엄마가 한 손으로는 팔을 잡아당기고 한 손으로는 등을 찰싹 때리며 은아를 끌고 갔다. 은아는 억울했다. 그렇게 중요한 촬영이라면 자기가 문을 닫고 촬영하면 되는 거였다. 같이 살고 있는 집인데 내 집에서 내 마음대로 돌아다니는 게 뭐가 잘못이란 말인가.

엄마가 주방 쪽으로 은아를 끌고 가는 동안 뒤쪽으로 쾅! 하며 짜증스럽게 문이 닫히는 소리가 들렸다. 은아는 왠지 울고 싶은 기분이 들었다.

"네가 참아. 은진이 성질 알잖아."

엄마는 이번엔 은아를 달래려 했다. 무척 작은 목소리였다. 가운데에 끼어 힘든 엄마 마음도 안다. 하지만 왜 자신이 매번 두 번째인지 은아는 이해할 수 없었다. 언니의 앞에서 은아를 혼내고 뒤에서 달래 주는 것은 그다지 위로가 되지 않았다.

은진이 유튜브를 시작하자 처음엔 공부에 방해될까 걱정하던 엄마 아빠도 성적이 떨어지지 않으니 취미로 하도록 인정해 주었다. 그런데 점점 채널이 커지다 얼마 전 구독자는 칠십만 명을 찍었고 그냥 취미로나 하라던 부모님도, 언니의 한 달

수익이 아빠의 월급을 넘어서자 적극적으로 지원해 주기 시작했다. 언니는 그 수익을 모아 대학을 졸업하면 미국의 대학원에 진학할 생각이었다. 언니는 엄마 아빠의 자랑이었다.

"괜찮지?"

당연히 괜찮지 않다. 하지만 은아는 괜찮아야 했다. 그래야 엄마에게 걱정 끼치지 않으니까.

은아는 해쭉 웃으며 대답했다.

"한두 번인가 뭐. 괜찮아요."

"아구, 착한 내 새끼."

✳

은아는 가끔 교실 속의 자신을 지박령 같다고 생각할 때가 있다. 떠날 수는 없는데 아무도 자신이 있는 걸 알지 못한다. 삼삼오오 모여 노는 아이들을 보면서 부러워하고 함께 놀고 싶어 하지만 그 사이에 낄 수 없는 외로운 지박령.

'빨리 수업 시작이나 했으면 좋겠다.'

1교시인 국어 교과서를 펴 놓고 괜히 뒤적이면서 은아는 생각했다. 대체 나는 왜 이럴까 하고.

은아가 혼자가 되어 버린 것은 이번이 처음이 아니었다. 그

이야기를 하자면 아무것도 모르던 어린 시절로 올라가야 한다. 그때는 언니인 은진도 자신과 함께 잘 놀아 주었다. 그런데 어느 날 갑자기 유치원에 가야 했다. 아무도 은아에게 왜 유치원에 가야 하는지, 가서 뭘 해야 하는지 알려 주지 않았다. 그냥 언니에게서 떨어져 알 수 없는 공간에 던져진 기분이었다. 뭘 어떻게 해야 할지 몰라 멍하니 혼자 앉아 있었다. 그런데 이상하게도 다른 아이들은 삼삼오오 모여 이미 친구가 되어 있었다. 한동안 그런 식으로 지낸 결과, 은아는 알 수 있었다. 항상 어두운 얼굴로 혼자 앉아 있는 아이에게는 아무도 말을 걸어 주지 않는다는 걸. 하지만 은아가 직접 그 아이들에게 먼저 말을 걸 수는 없었다. 왠지 그게 그렇게나 힘들었다.

그러다 초등학교에 진학했다. 학교에 있어야 하는 시간은 더 길어졌는데 은아는 변하지 않았다. 유치원과 마찬가지의 상황이 지속되면서 은아는 혼자가 되어 갔다. 아이들은 은아를 불편해했다. 항상 어둡게 앉아 있는 은아와 함께 놀고 싶지 않은데 선생님이 알면 같이 놀아 주라고 하고, 짝이 되어 주라고 하니까.

그러다 초등학교 5학년 때 일이 벌어졌다. 수업 시간이었는데 화장실에 너무 가고 싶었다. 하지만 손을 들고 화장실에 가고 싶다고 말하지 못했다. 그걸 말하는 순간 선생님의 말씀을 끊어야 하는 것이 부담되는 것은 물론이었고, 아이들이 전부 자신을 돌아볼 것만 같은 느낌이 거의 공포로 다가왔다. 그래서 은아는 참았다. 식은땀이 줄줄 흘러내리도록 참았다. 그날따라 유난히 시간이 느리게 흐르는 것 같았다. 그러다 결국, 교실 한복판에서 사고를 쳐 버리고 말았다. 그날 들었던 아이들의 비명과 "더럽다."라는 소리가 아직도 기억에 쿡 박혀 있다.

부모님과 함께 간 병원에서 은아는 '선택적 함구증'이라는 진단을 받았다. 언어적으로는 아무 문제가 없지만 어떤 특정한 상황이 되면 말을 할 수 없게 되는 증상이라고 했다. 그 뒤로 치료와 상담을 받았지만 교실에서 은아와 놀아 줄 친구는 없었다. 은아에게는 아무도 말을 걸지 않았고 가끔 짝을 정해 뭔가를 해야 하는 상황이 되면 짝을 하지 않으려 서로에게 미루었다. 억지로 은아와 짝이 된 아이를 놀리기도 했는데 그건 결국 은아를 웃음거리로 만드는 거였다.

중학교는 물론 고등학교에 와서도 다르지 않았다. 참 이상한 일이었다. 은아는 왕따를 당하는 자신에게서 왕따의 냄새가 나는 것 아닐까 하고 생각했다. 그렇지 않고서야 은아에 대해 모르는 아이들까지 이토록 아무도 대화하려 들지 않을 리 없었다.

교실 문이 열리며 조례를 위해 담임 선생님이 들어오셨다. 은아는 차라리 조례나 수업 시간이 편했다. 누구와 이야기를 하지 않아도 다른 사람이 이상하게 보지 않는 시간.

"시끄럽다! 빨리 앉아라."

출석부를 들고 들어온 담임 선생님이 엄한 얼굴로 교실을 훑어보며 말했다. 아이들은 얼른 자신의 자리로 돌아가 앉았다. 순식간에 교실 안이 조용해졌다. 아이들을 훑어보던 담임 선생님이 갑자기 씩 웃었다.

"우리 반에 교생 선생님이 오셨다."

순식간에 교실 안에 환호가 터졌다. 아이들은 신이 나서 조잘거렸다. 은아는 울고 싶은 기분이었다. 교생 선생님은 대부분 친절하다. 처음 만난 아이들에게 관심을 많이 기울이는 선생님이 되려 노력한다. 그중에 왕따가 있다면 어떨지는 뻔하다. 자신이 혼자라는 것을, 점심도 혼자 먹는 왕따라는 것을 알게 되는 사람이 한 명 더 생긴다는 사실이 은아는 끔찍했다.

"조용, 조용! 선생님 들어오시죠."

출입문을 향해 담임 선생님이 말하자, 이십대 초반의 여자 선생님이 조심스럽게 안으로 발을 들였다. 언니인 은진과 나이 차도 많이 나지 않을 것 같았다. 검은색 정장 안에는 브이넥 니

트를 입었는데, 톡 튀어나와 있는 쇄골 뼈와 흰 피부가 눈에 띄었다. 길고 부드러워 보이는 머리카락이 선생님의 등 쪽에서 찰랑거렸다. 시선은 명료하고, 자신을 향해 환호성을 지르는 아이들에게 보이는 웃음은 시원시원했다. 대단한 미인이었다.

"선생님께서 직접 자기소개 해 주실까요?"

은아는 담임 선생님의 저런 다정한 말투를 처음 들은 것 같았다.

가볍게 고개를 끄덕인 교생 선생님은 화이트보드 쪽으로 몸을 돌리고 마커를 집어 들었다. 그러고는 자신의 이름을 적었다.

이은아

은아는 숨이 컥 막혔다. 그걸 놓칠세라 같은 반의 남학생 수명이가 소리를 질렀다.

"우리 반에도 이은아 있는데!"

몇몇이 킥킥거렸다. 교생 선생님은 그때까지만 해도 아이들의 반응이 이상하다는 것을 깨닫지 못한 듯했다. 교생 선생님은 별 의미 없이 호기심 어린 눈으로 주변을 둘러보았다.

"아? 정말? 나랑 이름 같은 친구가 있어? 누구야?"

아이들이 모두 '쟤요!' 하면서 손으로 은아 쪽을 가리켰다. 그때 그 사이를 뚫고 누군가 외쳤다.

"같은 이은아인데, 극강으로 달라요!"

아이들이 웃음을 와르르 터뜨렸다. 은아는 귓불까지 빨갛게 되어, 얼굴에 열이 홧홧하게 올랐다. 교생 선생님은 칠판을 탁탁 두드렸다.

"그만들 해라! 친구를 왜 그런 식으로 놀려!"

아이들이 그제야 웃음을 멈췄다. 선생님은 다시 자기소개를 이어 나갔지만 은아의 빨개진 얼굴은 식을 줄 몰랐다.

선생님은 모른다. 같은 반이라고 해도 모두 친구는 아니라는 거. 은아는 그것을 열일곱 살이 되는 동안 내내 겪어 왔다.

그때까지만 해도 은아는 자신 앞에 드리울 운명의 그림자를 감지하지 못했다. 교생 선생님 때문에 자신의 삶이 더 진흙탕을 구르고, 그것도 모자라 인생까지 바뀔 거라는 것을 말이다.

교생 선생님

아침에 눈을 뜨자마자 알람을 맞춰 둔 여섯 시보다 일찍 일어났다는 것을 깨달았다. 침대 머리맡을 더듬거려 시계를 확인하니 새벽 다섯 시 이십 분. 은아는 깊은 한숨을 내쉬며 양팔을 앞으로 쭉 뻗어 기지개를 켰다. 조금 일찍 깬 것은 맞으나 아직 침대에서 일어날 생각은 없다. 곧장 핸드폰으로 손이 갔다. 요즘은 유튜브를 많이 보는 편이다. 은진을 따라 유튜브를 직접할 생각까지는 없었지만 첫 자취, 첫 독립 같은 영상을 주로 찾아보았다. 자신의 마음대로 집을 꾸미고, 자유로운 시간을 보내는 사람들을 보니 너무 부러웠다.

은아는 대학에만 가면 자취를 하겠다고 졸라서 영상에서 본 사람들의 삶과 비슷하게 살아 볼 생각이었다. 카페에 가서 공부도 하고, 굳이 허락받지 않고 심야 영화를 볼 수도 있다. 무엇보다 부모님께 "너는 친구 한번을 안 데려오니?" 같은 말을 듣지 않아도 된다.

부모님은 은아가 친구가 별로 없다는 것 정도는 알고 계셨다. 그러나 친구가 '전혀' 없는 것은 알지 못했다. 은아가 말한 적이 없기 때문이다. 앞으로도 말할 생각은 없다. 안 그래도 잘난 것 하나 없는 딸인데 실망까지 끼치고 싶지는 않았다.

유튜브에 들어가자마자 구독을 설정한 채널에 새 영상이 올라왔다는 알람이 떴다. 다름 아닌 은진의 것이었다. 지난밤 두 시간가량 라이브를 진행한 모양이었다. 라이브를 진행하는 동안 얼굴도 안 보이는 구독자들과 쉴 새 없이 떠드는 것을 보면 신기하기만 했다.

"피곤하지도 않나."

은아는 입술을 비쭉거리며 중얼거렸다. 대학 생활을 하는 언니는 매 학기 성적 장학금을 놓친 적이 없었다. 그것도 서울대에서. 잘나도 너무 잘난 것이 언니다.

그때 문이 벌컥 열렸다.

"야, 너 이 옷 입을래?"

불쑥 문을 밀고 들어온 은진의 손에는 꽃무늬가 그려진 봄

원피스와, 손수 스크래치한 스키니진이 들려 있었다. 시간을 보았다. 다섯 시 사십 분. 아직 은아가 일어나지 않았을 시간인데도 무작정 문을 열고 들어오다니 은진다웠다. 반대로 은아가 그랬다면 난리가 났을 것이다.

은아는 옷을 받아 들지 않은 채 빤히 쳐다보며 말했다.

"내가 몇 번이나 말했지만, 그게 나한테 맞겠냐고."

은진은 당황하며 고개를 갸웃했다.

"나한테 큰 건데?"

뭐 하자는 걸까. 자기는 이렇게 날씬한데 너는 이것도 못 입을 정도냐며 놀리고 싶은 건가. 은아는 불끈 끓어오르는 화를 억누르려 이를 악물며 억지로 미소 지었다.

"딱 봐도 나한테는 안 맞잖아. 그냥 언니 입어."

"너한테 잘 어울릴 것 같아 그랬지."

생긋 웃는 가느다란 입술이 얄미웠다. 저런 꽃무늬 원피스가 은아한테 어울릴 리가 없다. 표정은 어둡고, 피부색은 칙칙하고, 트러블도 심하고, 기죽어 어깨를 옹송그리고 있느라 등 그렇게 굽은 등을 가진 은아한테는 가당치도 않은 옷이다. 저 바지도 은아가 입으면 숨을 쉬지도 못하는 것은 물론이고 언제 찢어질지 모르는 상황에 처할 것이다.

사실 은진이 자꾸 옷을 주는 이유를 은아는 알고 있다. 유튜브를 할 때 같은 옷 입는 것을 은진은 아주 싫어했다. 프로 의식이 없는 것 같다고 했다. 그래서 한두 번 입은 옷이 은진의 옷장에 쌓이다가 이내 포화 상태가 되면 은아에게 넘겨주는 거였다. 처음엔 고맙다고 몇 번 받아 입었지만 어울리지도 않을, 게다가 맞지도 않을 옷을 주는 걸 보면 그 저의가 의심스러워졌다. 그렇게 놀리려는 것 아닌가 하는 생각은 점점 확신이 되었다.

"그럼 이건 어떻게 하지? 나중에 팬밋업(Fan meet-up)* 할 때 경매해서 불우 이웃 도와야겠다."

언니는 마치 쓰레기를 한가득 들고 나갔는데 분리수거장이 없어진 걸 보는 사람 같은 얼굴로 혼잣말을 했다.

"그러든가."

은아는 무심하게 대답했다. 그런 은아를 물끄러미 내려다보던 은진이 갑자기 생각난 듯 얼굴이 확 밝아져서 말했다.

"오늘 젝스캐런 갈래? 나 오늘 수업도 일도 없어서 시간 괜찮은데. 파스타 사 줄게."

* 팬밋업: 팬미팅.

젝스캐런은 요즘 SNS에서 핫한 레스토랑 겸 카페다. SNS에 많이 올라와서 보긴 했지만 가 본 적은 없다. 같이 갈 사람도 없다. 그렇다고 은진과는 갈 마음이 전혀 없었다. 젝스캐런은 저렴한 가격 대비 내부 시설이 예뻐서 고등학생들도 많이 찾는 곳이다. 그러다 같은 반의 누군가가 은진과 자신을 본다면 곤란했다. '유튜버 지니'의 동생이라는 것이 금방 알려지고 만다. 그 결과는 뻔하다.

'너희 언니는 저렇게 예쁜데 넌 왜 그래?'

그런 소리를 몇 번이고 들을 것이다. 중학교 때 이미 경험해 봐서 보지 않아도 뻔한 일이었다. 그때도 은진이 우산을 가지고 오지 않았다면 벌어지지 않았을 일이었다. 나중에 은진의 채널에 '동생 우산 갖다주는 착한 언니' 영상이 올라왔을 때는 기가 막혔다.

"나는 별로 생각 없어. 파스타 좋아하지도 않고, 학원도 알아봐야 해."

언니가 뭐라 하려던 그때 마침, 맞춰 두었던 알람이 울렸다. 은아는 얼른 알람을 끄고 자리에서 일어나 방에서 나갔다. 엄마가 안방에서 나오고 있어서 인사하려 했는데, 금세 쪼르르 쫓아 나온 은진이 엄마에게 달려가 안겼다.

"엄마! 은아가 나랑 안 논대."

"왜?"

엄마가 어리둥절한 얼굴로 은아를 보았다. 은아는 인상을 찡그리면서도 어쩔 수 없이 웃었다.

"몰라. 내가 파스타도 사 준댔는데 싫대."

칭얼거리며 엄마의 품속을 파고드는 은진의 애교에 엄마의 입가에 미소가 서렸다. 은아에게는 단지 징징거리는 소리로밖에 들리지 않았다. 엄마가 물었다.

"왜 싫어? 원래 파스타 잘 먹잖아."

파스타 같은 게 문제가 아니다.

"학원 알아봐야 해."

유튜버 지니와 아는 사이라는 것을 들키고 싶지 않다는 말이나, 그렇게 되면 자신이 학교에서 어떤 취급을 받아야 한다는 말은 별로 하고 싶지 않았다. 엄마가 눈을 가늘게 뜨며 말했다.

"언제 학원을 그렇게 열심히 다녔다고? 학원 등록한 것도 아니고 등록 알아보러 가는 건데 하루 좀 늦게 가면 어때서 그래? 바쁜 언니가 시간 내서 맛있는 거 좀 사 준다고 하는데."

"싫어. 정원 차면 더 먼 데로 가야 한단 말이야."

엄마는 입을 비쭉 내밀었다.

"핑계는! 사 준다는 데도 저런다. 배가 불렀어, 배가."

그 소리에 갑자기 울분이 터졌다.

"아, 누가 파스타 사 달랬어? 엄마는 왜 나한테만 그래? 언니가 사 준다면 나는 무슨 일이 있든지 굽신굽신 받아먹어야 해?"

소리를 지르고 나자 정신이 들었다. 은진은 놀라서 멍해진 얼굴로 은아를 보고 있었고 엄마는 나직한 한숨을 내쉬었다. 은아는 엄마가 뭐라고 말씀하기 전에 홱 하니 몸을 돌려 화장실로 들어가 문을 쾅 소리가 나도록 닫았다. 문에 기대고 서서 은아는 양손으로 귀를 막았다. 엄마의 한숨 소리에서 '쟤는 대체 왜 저럴까?' 하는 소리가 들려올 것만 같았다.

*

점심시간이 되어 은아는 식당으로 이동했다. 아침부터 그런 일이 있어서인지 내내 마음이 좋지 않다. 사실 언니인 은진이 브이로그(Vlog) 촬영을 하기 위해 부르는 것 같아 반감이 있었는데, 어쩌면 진짜로 맛있는 거 한 끼 사 주고 싶은 마음이었는지도 몰랐다. 사실 은진이 맛있는 것을 사 주거나 하는 일이 아예 없었던 것도 아니다. 요즘 고등학생들은 뭘 제일 좋아하느냐고 물으며 은아가 좋아하는 연예인이 없는지 물어본 적도 있었다. 죄책감이 자꾸 가슴을 찔러 온종일 마음이 불편했다. 갑자기 '그러게 왜 가만있는 사람을 건드려?' 하는 생각도 끼어들었다. 그러다 말고 '자격지심이야.'라고 생각했다. 미안했다가 자격지심이 생기게 만든 것도 언니인 은진 탓을 했다. 자신도 자꾸만 바뀌는 감정을 어찌할 수 없었다. 그러는 사이 식당 앞에 도착했다.

안으로 들어가자 이미 다른 아이들은 여럿이 그룹을 만들어 모여서 식사를 하고 있었다. 은아는 자신이 앉을 만한 빈자리를 찾았다. 구석진 자리면 가장 좋았다. 식사를 담당해 주시는 주방 아주머니들이 가끔 이상하다는 듯 보지만 고개를 푹 숙이고 먹으면 괜찮다. 아니, 괜찮지 않다. 괜찮은 척할 뿐이다. 그 괜찮은 척에 요즘은 익숙해져 간다.

여덟 명이 앉는 긴 자리밖에 남지 않아서 은아는 거기에 앉았다. 아이들이 흘긋 보기는 했지만 당연하다는 듯 이쪽으로 오라는 말은 없었다. 은아는 기계라도 된 기분으로 식판에 식사를 받아 자리에 앉았다. 자연스레 등이 굽었다.

오늘의 반찬은 장조림과 김 계란말이와 감자 샐러드, 그리고 배춧국이었다. 입안이 깔깔했다. '그냥 매점에서 빵이나 사

먹을걸.' 하고 생각하며 국을 한 숟가락 떠 입에 넣을 때였다. 식판 위로 그림자가 생겼다 싶어 고개를 들었을 때 은아의 앞에는 이은아 교생 선생님이 서 있었다. 식판을 든 교생 선생님은 눈이 마주치자 의미심장하게 씩 웃었다. 그러고는 아무렇지 않은 얼굴로 은아의 맞은편에 식판을 내려놓고 자리를 잡았다. 다른 아이들이 이쪽을 주목하는 게 느껴졌다.

"같이 먹어도 되지?"

교생 선생님이 왜 자신에게로 왔는지는 알 것 같았다. 벌써 이 학교에 오신 지 사흘이나 됐으니 자신이 왕따라는 것을 눈치챈 것이다. 그래서 불쌍한 마음에, 미래의 선생님이 되실 분이시니 왕따 아이를 챙겨 주시려는 것이다. 그렇잖아도 첫날부터 교생 선생님은 유난히 은아를 챙겼다. 수업 참관을 들어왔을 때 은아가 떨어트린 볼펜을 주워 주거나, 은아가 발표할 때 모두에게 "주목!" 하고 외친 적도 있었다. 챙겨 주는 마음은 감사하나 동정은 사양이다. 무엇보다 그로 인해 다른 아이들에게 시기와 질투를 받아서야 이쪽은 아무 이득도 안된다. 은아는 자기 쪽을 향해 날카로운 눈길을 던지는 몇몇 아이들을 바라보며 그렇게 생각했다.

"저는 다 먹었어요. 맛있게 드세요."

은아는 식판을 잡고 일어나려 했다. 그때 교생 선생님의 숟가락이 은아의 식판을 탁 내리치며 눌렀다. 덕분에 챙 소리가 나서 다시 이목이 집중되었다.

"어허. 누굴 속여. 두 숟가락도 안 뜬 것 같구만. 아주머니들이 정성껏 만들어 주신 음식 버리면 못 써."

은아는 어쩔 줄 몰라 하다가 나직한 한숨을 내쉬며 자리에 앉았다. 누군가와 같이 점심을 먹는 것은 주말과 방학을 제외하고는 처음이었다. 기쁨보다는 불편함이 더 컸다. 그래도 일단 꾸역꾸역 숟가락에 밥을 퍼 입에 넣었다. 선생님도 밥을 먹기 시작했다. 밥숟가락 듬뿍 밥을 떠서 입에 넣고, 반찬도 넣은 뒤 오물오물 먹는 것이 정말 맛깔스럽게 먹는 모습이었다. 만약 유튜버를 한다면 먹방 채널을 하면 좋을 것 같았다.

조금은 어색하고 불편했지만, 문득 떠오른 생각에 은아는 교생 선생님께 조금은 감사한 마음이 들었다. 선생님이든, 교생 선생님이든, 주방 아주머니든, 경비 아저씨든, 누구나 이런 상황을 보면 은아에게 같은 말을 던졌다.

"넌 왜 혼자 먹어?"

하지만 선생님은 묻지 않았다. 이유를 알고 있기 때문일 테지만 은아에 대한 배려인 것만 같았다. 감사한 마음이 들었다.

어색한 분위기를 좀 깨기 위해 은아는 용기를 내 선생님에게 말을 걸어 보았다.

"선생님은 담임 선생님이랑 같이 드셔야 하는 거 아니에요?"

그 물음에 선생님은 주변을 살피더니 몸을 앞으로 쭉 내밀었다. 그러고는 아주 나직한 목소리로 속삭였다.

"박종석 선생님? 싫어. 너무 무서워. 목소리도 너무 커. 첫날 같이 점심 먹었는데 '우화화!' 하고 웃는데 입이 너무 커서 목젖까지 다 보였다고."

은아는 그만 웃음을 터뜨리고 말았다.

"웃으니까 좋네."

선생님의 말에 은아는 쑥스러워 입을 다물었다. 선생님은 은아를 웃긴 것이 흡족하다는 듯 밥을 먹다가 뭔가를 발견한 듯 숟가락으로 은아의 식판 겉면을 두드렸다.

"알레르기면 아예 감자 샐러드는 주지 마시라고 해야지. 이러면 다 버리게 되잖아."

"아, 그러네요."

그렇게 대답하다가 은아는 멈칫했다.

"제가 감자 알레르기 있는 거 어떻게 아세요?"

선생님의 눈이 휘둥그레졌다. 눈 끝이 미세하게 흔들리는 것을 은아는 놓치지 않고 보았다.

"감자를 안 먹길래 얘기해 본 거지 뭐."

"아, 네."

은아는 고개를 끄덕였지만 의아함이 완전히 해소된 것은 아니었다. 보통은 감자를 안 먹는 사람에게 "감자를 안 좋아하나 보네?"라고 하는 것이 일반적이지 않을까? 게다가 일단 감자 알레르기는 앓고 있는 사람도, 알고 있는 사람도 많지 않다. 은아도 모르고 있다가 혈액 검사를 통해서 감자 알레르기라는 것을 알았다. 덕분에 그동안 이따금 두드러기가 올라오던 이유를 확인했다. 함께 검사했던 은진도 자매라서 그런지 감자 알레르기 반응이 나왔다. 그 이후부터 당연히 식탁에서는 감자가 사라졌다.

은아는 문득 교생 선생님의 식판을 확인했다. 그 식판에는 감자 샐러드가 놓여야 할 자리가 비어 있었다. 아예 받지 않으신 것이다. 선생님도 혹시 감자 알레르기를 앓고 있는 걸까? 그래서 감자를 안 먹는 걸 보고 감자 알레르기를 알아차린 게 아닐까? 그렇다 해도 보통은 "너 감자 알레르기 있니?" 하고 묻지 않나? 은아는 잘 알 수 없는 기분이었다.

그날 오후부터 비가 내렸다. 예고되지 않은 비였다. 점심시간이 끝난 후부터 하늘이 거뭇해지더니 하교 시간이 되자 소나기가 되어 내렸다. 학교 앞은 우산을 들고 나온 부모님들로 인산인해였고, 아이들을 데리러 온 차들로 학교 주차장이 전쟁통이었다. 그 속에 엄마로 보이는 모습은 없었다. 은아는 그냥 비를 맞으며 운동장을 가로질렀다. 진흙이 되어 버린 흙바닥을 걷자 흰 운동화 테두리부터 진흙이 달라붙었다. 개의치 않고 고개를 숙인 채로 걸어갔다.

그러다 문득, 엄마가 언니에게는 우산을 가져다줬을까 하는 의문이 들었다.

이상한 일

처음 교생 선생님과 점심을 먹은 뒤로 은아는 식당에 가지 않았다. 또다시 교생 선생님과 마주칠까 봐서였다. 계속 혼자 점심 먹는 걸 보이는 것도 싫었지만 무엇보다 그 일이 있고 나서 교생 선생님과 아는 사이냐고 묻는 아이들이 늘었기 때문이었다. 그걸 묻는 아이들의 시선은 대부분 곱지 않았다. 예쁜 외모와 다정한 성격 때문에 아이들은 교생 선생님을 좋아했고, 교생 선생님의 총애를 받는 아이를 싫어했다.

은아는 매점에서 빵과 우유를 하나씩 사서 옥상으로 올라갔다. 옥상 문은 비밀번호 키로 잠겨 있었지만 은아에겐 그런 것이 문제가 되지 않았다. 은아는 비밀번호를 알고 있었기 때문이었다. 학기 초, 혼자 시간을 보낼 수 있는 장소가 없을까 생각하던 은아는 옥상을 찾아갔었다. 비밀번호 키로 잠겨 있어서 굉장히 실망스러웠다. 학교 전화번호 뒤 네 자리를 포함해 이 것저것 눌러 봤지만, 당연히도 헛수고였다. 그러던 어느 날 은 아는 등굣길에 교장 선생님이 운전하시는 차가 교문으로 들어오는 것을 봤다. 별 생각 없이 차 번호를 응시하던 은아는 혹시하고 생각했다. 확인해 보니 '혹시나'가 '역시나'였다. 그 이후로 옥상은 은아만의 비밀 장소가 되었다.

옥상에서는 혼자라도 다른 사람의 시선을 신경 쓰거나 부끄러워하지 않아도 된다.

"제대로 된 밥을 먹어야지! 빵이 뭐야, 빵이!"

예상치 못한 순간에 들려온 목소리에 은아는 화들짝 놀라 들고 있던 빵을 떨어트릴 뻔했다. 빵은 잡고 있었지만 놓친 것은 심장인 듯 가슴 깊은 곳에서 펄떡였다. 소리가 난 쪽으로 고개를 돌리자 옥상으로 불어오는 바람에 긴 머리를 흩날리며 교생 선생님이 서 있었다.

"서, 선생님!"

은아는 어찌할 바를 몰라 하며 자리에서 일어났다. 교생 선생님은 장난스럽게 웃으며 앉으라는 듯 손을 펄럭거렸다. 은아가 우물쭈물하며 앉자 교생 선생님은 그 바로 옆에 앉았다. 그런 선생님의 손에 검은 봉투가 들려 있었다. 교생 선생님은 그 안에서 쿠킹 호일에 싸인 김밥을 꺼내 내밀었다.

"자, 이거 먹어. 한참 성장기인 학생이 빵 같은 걸로 때우면 쓰나."

"선생님……."

은아는 당황스러워 무슨 말을 해야 할지 몰랐다. 이곳은 출입 금지 구역이다. 학교 시설 팀에서 가끔 올라오기는 하지만 비밀번호 키가 달려 있기 때문에 별일이 없으면 열릴 일이 없는 곳이다. 물론 교생 선생님은 교내를 돌아보다가 올라와 볼수도 있다. 하지만 교생 선생님은 마치 은아가 이곳에 있을 거라고 예상하고 온 듯 전혀 놀라지 않았다. 심지어…….

"걱정 마. 내 것도 있어."

혼란스러운 듯한 은아의 표정을 잘못 이해한 건지 교생 선생님이 김밥을 한 줄 더 꺼내 흔들어 보였다. 자기 몫만이 아니라 1인분을 더 사 왔다는 것은 이미 여기에 자신이 있다는 것을 알고 왔다는 뜻이 아닐까 하고 은아는 생각했다.

그래, 생각해 보니 좀 이상했다.

이틀 전, 비가 오던 날 은아는 우산이 없어서 교문 밖까지 비를 맞으며 걸었다. 어차피 엄마가 우산을 들고 오지는 않을 거라고 예상했었다. 그런데 교문 밖을 벗어나 몇 걸음 걷자니 클랙슨 소리가 들렸다. 처음에 은아는 그것이 자신을 향한 소리라는 것을 알지 못했다. 하지만 재차 들려오는 소리에 무심결에 뒤를 돌아보았다. 클랙슨을 울린 차 안에 교생 선생님이 있었다. 교생 선생님은 보조석 쪽 유리창을 열고 몸을 길게 내밀고는 은아를 향해 손짓했다.

"은아야! 타!"

은아는 당황했다. 선생님들은 특별한 경우를 제외하고는 하교 시간에 아이들을 태워 주지 않는다. 누구 하나만 특별 대우한다는 소리를 들을 수 있어서다. 누구는 태워 주고 누구는 안 태워 주고 할 수 없기 때문이기도 하다. 아무래도 교생 선생님은 학교에 대해 잘 몰라 그러는 것 같았다. 어쩌지 못하고 더듬거리고 서 있자니 선생님이 다시 은아를 불렀다.

"빨리 타! 뒤에 차 막히잖아!"

교생 선생님의 말대로 뒤에는 자녀를 데리러 온 학부모들의 차로 길이 막혀 있었다. 어쩔 수 없이 차에 올라탔다. 교복이 젖었다는 것을 뒤늦게 깨달았다.

"선생님, 저…… 옷이 젖어서……."

"그런 걸 가지고 뭐! 괜찮아!"

교생 선생님의 대답은 그녀의 웃음만큼이나 시원했다.

차는 조금씩 학교에서 멀어지고 있었다. 그때 그 모습을 본 같은 반 아이들이 있다는 걸 알았다면 은아는 아마 그 차에 타지 않았을지도 모른다.

차가 큰 도로에 진입하고 나서야 은아는 힘겹게 입을 열었다.

"태워 주셔서 감사합니다."

"별 소릴 다 한다."

선생님은 그렇게 말하면서도 어른이라면 당연히 물어야 할 것들을 묻지 않았다. 이를테면 엄마는 바빠서 우산을 못 갖고 오시는 거냐든지, 왜 밥을 혼자 먹느냐든지 말이다. 그런 걸 묻지 않아 다행이긴 했지만, 정적이 내려앉은 차 안의 어색함은 은아를 무겁게 내리누르기는 마찬가지였다. 이럴 때 무슨 이야기라도 해야 하는 것 아닌가 생각했을 때 교생 선생님이 말했다.

"이거 마실래?"

선생님은 차에 꽂혀 있던 음료수 병을 내밀었다. 무화과와 우유를 섞어 만든 음료로 요즘 은아가 가장 좋아하는 것이었다.

"아, 감사합니다. 저 이거 되게 좋아해요."

"그래? 나도 이거 좋아하는데."

신기했다. 아직 출시된 지 얼마 안 된 음료인데다 파는 편의

점도 많지 않았다. 하긴, 교생 선생님도 나이로 따지면 대여섯 살 많은 정도다. 사회였다면 언니라고 불렀을 나이다.

"오늘 먹어 보니까 이 학교 급식 맛있더라."

드디어 올 게 온 건가? 급식 이야기가 나오자 은아는 고개를 숙였다. 자기도 모르게 기어 들어가는 목소리가 나왔다.

"네."

선생님은 노래라도 부르는 듯 흥얼거리면서 좌회전 깜박이를 켰다.

"내일은 무슨 반찬이 나오려나."

은아는 대답하지 않았다. 그런 은아가 이상하다는 듯 흘깃 본 교생 선생님이 고개를 갸웃하고는 말했다.

"왜?"

"네?"

"왜 그렇게 고개를 숙이고 있어?"

"아, 그게……."

"혼자 밥 먹는 게 창피하니?"

가슴에 날카로운 유리 파편이 박히는 것 같았다. 은아는 입을 다물었다.

"너 회사원들 퇴근 시간쯤 돼서 식당가 한번 가 볼래? 혼자서 밥 먹는 사람이 얼마나 많다고. 그런 건 전혀 이상한 거 아니야. 그래서 그렇게 등을 구부리고 먹는 거니?"

은아 역시 혼자서 식당에 가는 사람들이 많다는 것 정도는 알고 있다. 하지만 어른들과는 다르다. 어른들이 혼자 식당에 가는 것은 충분히 존중받을 수 있다. 시끄러운 것을 싫어해서 '혼밥'을 더 선호하는 사람들도 인정해 주는 분위기가 있다. 하지만 학생은 다르다. 혼자서 친구 없이 밥을 먹으면 이상한 것을 넘어서 부적응자로 간주된다. 다른 아이들에게 폭력을 당하는 왕따가 아닌데도 친구가 없는 외톨이라면 분명 이상한 아이라고 생각하는 것이다.

그런 생각을 더듬거리며 말하자 교생 선생님은 헛웃음을 지었다.

"그러니까 애초에 이상한 거야. 본 적도 없는 애들 모아 놓고 거기서 친구를 사귀래. 물론 그럴 수야 있지. 하지만 맘에 맞는 아이가 하나도 없을 수도 있잖아. 너처럼 말이야."

그 말을 듣는 순간 은아는 눈앞이 환해지는 기분이 들었다. 뿌옇게 끼어 있던 안개가 걷히는 듯한 기분이 들었다.

'나는 친구를 사귀지 못한 애가 아니라 맘에 맞는 아이를 아직 못 찾은 것뿐이다.'

그 생각을 하자 가슴에 얹혀 있던 돌이 조금은 가벼워진 것 같았다.

"친구 없는 거 창피해하지 않아도 돼. 지금 삼삼오오 모여 노는 애들도 대학교 가고 사회생활 하면 다 찢어지는 게 태반 이야. 끝까지 남는 애들도 있지만 소수고. 그런 애들이 진짜 맘 에 맞는 아이들인 거지. 그러니까 어깨 펴, 응?"

조금 붉어진 얼굴로 은아는 고개를 끄덕였다. 교생 선생님의 그 말을 들었다고 해서 친구가 없다는 사실이 곧장 창피하지 않은 일이 되는 것은 아니었지만 왠지 용기를 얻은 것 같았다.

"아, 다 왔네."

교생 선생님의 말에 고개를 들고 보니 어느새 은아가 사는 은파 아파트 4동 앞에 도착해 있었다. 선생님은 왼쪽으로 크게 돌면서 조수석이 동 현관에 가깝도록 멈췄다. 차의 헤드라이트 불빛이 아파트 벽면을 가르듯 훑고 지나갔다.

"선생님 태워다 주셔서 감사합니다."

"그래. 우리 내일 또 보자."

"네."

은아는 차 문을 열고 빠르게 뛰어내렸다. 문을 닫은 뒤 차양 이 있는 동 현관까지 달려가 뒤돌아보니 아직도 선생님이 은아를 보고 있었다. 은아가 차양 안으로 들어가는 것을 확인한 교생 선생님은 은아를 향해 힘껏 손을 흔들었다. 은아도 허리를 푹 숙여 인사했다. 선생님의 차가 시야를 벗어날 때까지 은아는 자리를 떠나지 않았다. 뭔가 벅차오르는 감정으로 계단을 오르는 순간 은아는 중요한 사실을 깨달았다.

"선생님은 어떻게 여기가 우리 집인 줄 알았지?"

차를 탄 이후 사는 데가 어디냐고 묻지도 않고 여기까지 왔다.

물론 교생 선생님이 학생들의 주소를 찾으려면 쉽게 알아볼 수 있을 터다. 그러나 전부 외우고 있는 것이 아니고서야 우연히 태운 학생의 주소를 어떻게 곧장 찾아올 수 있단 말인가. 차에 꽂혀 있던 음료수도 자신이 좋아하는 것이었다. 교생 선생님은 자신이 감자 알레르기가 있다는 것도 알고 있다.

그리고 오늘, 선생님은 은아가 아무도 몰래 올라간 옥상까지 찾아왔다. 그것도 이미 은아가 있다는 걸 알고 있다는 듯 김밥 2인분을 사서.

은아는 온몸이 선뜩해지는 것 같았다.

✳

"왜? 안 먹어?"

선생님은 오늘도 옥상에 음식이 든 종이 봉투를 들고 올라 왔다. 그 안에는 초밥 도시락 두 개가 들어 있었다. 은아가 좋아하는 음식이다.

"아, 아뇨. 전 빵 먹어서요. 이만 내려갈게요."

"아니, 잠깐⋯⋯."

교생 선생님이 뭔가 말하려고 했지만, 은아는 벌떡 일어나 우유갑과 반쯤 남은 빵이 들어 있는 봉지를 집어 들었다. 그리고는 황급히 옥상을 벗어나 계단 층으로 향했다.

저 선생님은 뭔가 이상하다.

갑자기 머릿속에서 이상한 생각들이 고개를 치켜들었다. 은아는 평소 토요일 저녁에 방송하는 '그것이 알고 싶다'를 즐겨 보았는데 거기서 보았던 가스라이팅이라는 단어가 생각났다. 가스라이팅은 마음이 약해진 상대를 위로하며 완벽히 자신에게 의지하게 만든 다음, 원하는 대로 이용하는 것을 말한다.

'설마⋯⋯.'

"야! 어딜 보고 다녀?"

새된 외침에 은아는 정신을 차렸다. 생각에 빠져 있느라 3층으로 내려설 때 다른 아이와 부딪힌 모양이었다. 얼굴을 찌푸리고 선 아이는 같은 반인 수진이었다. 수진의 뒤로 늘 같이 다니는 무리가 서서 은아를 노려보고 있었다. 소위 말하는 일진은 아니지만, 같은 반에서 제일 잘나가는 애들인 건 맞다. 아이들의 물건을 마음대로 가져다 쓰고, 자습 시간에 항상 시끄럽게 굴었다. 전에 한 번 가만히 앉아 있던 은아에게 와서 부딪혀 놓고는 더러운 것이 묻었다는 듯 비명을 지르며 자기들끼리 낄낄거린 적도 있었다. 다른 아이들은 그런 태도가 불만스러워도 불평하지 않는다. 수진의 아빠가 유명한 국회 의원이라 싸워 봤자 손해라고 생각하는 것이다.

"미안."

은아가 사과했지만 수진은 그런 것에 관심이 없는 듯했다. 다만 은아의 어깨 너머를 힐끗 쳐다보며 얼굴을 들이밀었다.

"저기 옥상 아냐? 맨날 잠겨 있는데. 너 저기서 나온 거야?"

"아, 아냐. 혹시 열려 있나 하고 잠깐 가 본 거야."

"흐응."

수진은 눈을 가늘게 뜨고 은아를 쳐다보았다.

"어, 어쨌든 미안해."

은아는 짧게 사과하고 얼른 교실을 향해 발걸음을 옮겼다. 뒤에서 수진과 다른 아이들이 옥상 쪽으로 향하는 계단을 올라가는 소리가 들렸다.

'저기엔 교생 선생님이 있는데!'

그런 생각이 들었지만 그게 큰 문제가 될 거라고는 생각하지 않았다. 선생님은 비록 교생이긴 하지만 '관계자 외'에 들어가지는 않으니까.

은아의 그런 생각은 크게 빗나갔다. 문제가 된 것은 그로부터 이틀 뒤였다. 담임 선생님께서 수업 중 토론을 제안하셨다. 물론 영어로 하는 것이다. 둘씩 짝을 지어야 했는데 우리 반은 홀수였으므로 당연히 은아가 남았다.

"제가 은아랑 할게요!"

교생 선생님이 나섰다. 은아는 영어 수업을 제일 좋아했다. 게다가 상대가 교생 선생님이니 그날 은아는 평소 자기 실력보다 영어를 더 잘 말할 수 있었다. 담임 선생님은 은아를 가장 크게 칭찬했다. 거기다 아이들에게 은아를 본받으라는 말씀도 하셨다. 그게 문제였을까? 아니, 아마 처음부터 모든 게 잘못되었는지도 모르겠다.

그날 수진이 은아를 불러냈다.

"수업 끝나고 옥상으로 와. 비밀번호 알지?"

폭행

　아이들이 빠져나간 학교는 훨씬 을씨년스러웠다. 옥상으로 올라가는 동안 은아는 이 학교에 사람들이 얼마나 남아 있을까를 생각했다. 교문 쪽에 있는 경비실에 아저씨가 계실 것이고, 선생님들도 몇몇 분 남아 있을 것이다. 하지만 옥상에서 지르는 소리가 거기까지 들릴까? 그걸 알 수 없어서 은아는 불안했다. 아니, 사실 불안한 것은 수진의 패거리가 왜 자신을 불러내는 것인가다. 나직한 목소리로 경고하듯 을러대던 수진의 표정을 보면 분명 좋은 일이 아님은 확실했다. 수진은 아무에게도 말하지 말고 혼자 옥상에 오라고 말했다.

　가지 말까 생각하지 않았던 것은 아니다. 하지만 그렇게 되면 학교생활이 몇 배는 더 힘들어질 거라는 계산이 은아를 옥상으로 이끌었다.

옥상으로 올라가는 계단에는 이미 어둠이 자리를 차지하고 있었다. 그리고 그 어둠 속에 수진의 패거리들이 서 있었다. 수진은 은아를 보자마자 턱짓으로 문을 가리켰다. 비밀번호를 풀라는 것이었다. 은아는 우물쭈물하며 계단을 하나하나 걸어 올라갔다. 문에 가까워질수록 수진과 패거리들이 옆으로 물러섰다. 나중에 보니 물러선 것이 아니라 은아를 에워싼 것이었다. 도망이라도 갈까 봐 미리 막는 거였다.

은아는 천천히 비밀번호를 눌렀다. 비밀번호 키가 열리는 맑은 음이 울리자 누군가 휘파람을 불었다.

"이건 어떻게 알았대?"

"……어쩌다가."

은아는 수진이 비밀번호를 물어볼까 봐 긴장했다. 자신의 비밀 공간이 사라지는 것은 둘째 치고 수진의 패거리가 여기서 무슨 짓을 저지를지 몰랐기 때문이었다. 그렇게 되면 비밀번호를 어떻게 알았느냐는 문제가 대두될 것이고 당연히 그동안 은아가 옥상에 드나들었다는 것이 들통난다. 다행히 수진은 비밀번호를 물어보지 않았다. 비밀번호를 누를 때 뒤에서 봤는지도 모르지만, 일단은 물어보지 않는 것만으로도 감사했다.

문을 열자 수진이 은아의 등을 밀었다. 그 바람에 은아는 문턱에 발이 걸려 넘어질 듯 비틀거리며 옥상에 들어섰다. 뒤이어 아이들이 줄줄이 들어왔고 이내 문은 닫혔다.

은아는 긴장한 얼굴로 아이들을 보았다. 무슨 일로 불러냈느냐는 물음을 하기도 전에 수진 패거리가 성큼성큼 은아 쪽으로 다가왔다. 자신도 모르게 은아는 주춤주춤 뒤로 물러섰다. 그때 수진이 은아의 앞까지 빠르게 나왔다.

"너 요새 좀 나댄다?"

수진이 손가락 두 개로 은아의 오른쪽 어깨를 툭툭 밀었다.

"내가 무, 무슨……."

"너 요새 눈에 좀 거슬린다고. 맨날 교실 구석에 처박혀 있던 바퀴벌레 년이."

은아는 도저히 수진이 무슨 소리를 하는지 알 수 없었다. 영어 시간에 교생 선생님과 짝을 이루고 선생님의 칭찬을 들은 일 때문일까? 아니면 교생 선생님이 자꾸만 같이 점심을 먹으려 해서일까? 비 오던 날 교생 선생님 차에 탄 것을 보았을까? 하지만 그건 모두 자신이 원한 일이 아니었다.

수진이 모델 같이 예쁜 교생 선생님에게 예쁨을 받고 싶어 했고, 자꾸 말을 거는 수진에게 교생 선생님이 냉랭하게 대했다는 사실을 그때의 은아는 전혀 알지 못했다.

"너 교생이랑 무슨 사이냐?"

"그게 무슨 소리야. 무슨 사이냐니."

"너네 둘이 옥상에 같이 있었던 거 다 알거든? 잠긴 옥상에 들어가서 둘이서 뭐 했냐고?"

그때 뒤에서 팔짱을 끼고 있던 얼굴이 긴 애가 말했다.

"걔네 둘이 이상한 사이 아냐?"

아이들이 동시에 까르르 웃었다. 은아는 말도 안 된다며 도리질을 쳤다. 얼굴이 긴 애가 불쑥 앞으로 나오더니 은아의 뺨을 갈겼다. 짝, 소리가 나며 고개가 돌아간 순간 은아는 자신에게 벌어진 일이 뭔지 알 수가 없었다. 자신이 왜 이런 일을 당해야 하는지 현실감이 전혀 없었다.

"왁! 시발! 나 바퀴벌레 만졌어!"

때린 아이가 도리어 손을 번쩍 치켜들고 요란 법석을 떨었다. 수진이 킥킥거리다 얼굴이 긴 여자애에게 말했다.

"야, 얼굴은 건드리지 말라니까."

"그래?"

말이 끝남과 동시에 긴 얼굴의 여자애는 발을 번쩍 들어 그대로 은아의 배를 걸어찼다. 부지불식간에 당한 일이라 은아는 피해 보지도 못하고 뒤로 벌러덩 나가떨어졌다. 그런 은아의 주위로 순식간에 아이들이 둘러쌌다. 역광 때문인지 자신을 내려다보는 아이들의 얼굴이 잘 보이지 않았다. 무서운 것은 그들이 하나같이 웃고 있다는 사실이었다.

"야, 바퀴벌레 뒤집혔다."

"적당히 해. 그러다 이년이 학폭 신고하면 어쩔래?"

그때 수진의 목소리가 들렸다.

"학폭 신고? 하고 싶으면 해. 근데 너 그거 알아? 이 정도 학폭은 말이야. 잠깐 정학 맞았다가 다시 학교로 돌아와. 다른 반이 되도 이 좁은 학교 안에서 너 하나 못 찾겠니?"

소름이 돋도록 차가운 목소리였다. 하지만 그 말에 대답할 겨를은 없었다. 수많은 발이 은아를 걷어차거나 밟았다. 은아는 반사적으로 몸을 굽혔다. 그 아이들은 알량한 약속을 지키기라도 하듯 은아의 얼굴은 건드리지 않았다.

불과 한 시간 전까지만 해도 은아는 자신이 왕따지만 '사람들이 흔히 말하는 왕따'라고는 생각하지 않았다. 다만 자신이 너무 소극적이고 어두워서, 다른 아이들이 불편해하는 것뿐이라고 생각했다. 하지만 이제야 정말 왕따라는 이름에 어울리는 아이가 되었다는 생각이 들었다.

신기하기도 했다. 저항할 수도 없는 상태에서 맞는 것보다 바퀴벌레를 만졌다며 요란을 떨던 그 순간이 더 아프다는 것이…….

"그만!"

수진이 손을 들며 외쳤다. 등이나 배를 마구 걷어차던 발들이 순식간에 사라졌다. 수진이 바닥에 쓰러져 있는 은아의 앞에 쪼그려 앉았다.

"그러니까 앞으로 깝치지 마. 알았어?"

은아는 자신이 고개를 끄덕였는지 어쨌는지 잘 알 수 없었다. 온몸의 근육들이 전부 자신의 통제 밖으로 떨어져 나간 것 같았다. 하지만 의지만은 확고했다. 어떻게든 고개를 끄덕여서 수진의 마음에 들어야만 할 것 같았다. 다행히 수진은 헝클어진 은아의 앞머리를 넘겨 주며 말했다.

"말 잘 들으니까 얼마나 좋아. 서로 좀 조용히 살자. 응?"

이번에도 은아는 고개를 끄덕이려 했지만 목에 더 이상 힘이 들어가지 않아 얼굴이 바닥으로 툭 떨어졌다. 수진은 쓰러져 있는 은아의 어깨를 몇 번 두드려 주고는 일어나 옥상 문을 열고 밖으로 나갔다. 같이 있던 아이들도 줄줄이 그 뒤를 따랐다. 은아는 그 뒷모습을 응시하면서 추위를 느꼈다. 단 한 명도 은아를 뒤돌아보지 않았다.

✳

쓰러질 것만 같았다. 맞은 배는 욱신거렸고, 멍이 크게 들었거나 상처가 났는지 교복에 쓸릴 때마다 몹시 따가웠다. 가장 힘든 것은 기운이 없다는 것이었다. 당장 아무 데고 쓰러져서 잠들어 버리고 싶었다. 눈물을 흘릴 기력 따위도 남아 있지 않았다. 간신히 버스에 올랐다. 버스 안에는 대부분 직장인으로 보이는 어른들이 타 있었다. 버스 밖으로 환하게 불을 켠 학원가가 보였다. 은아도 학원에 다니지만 이 꼴로는 갈 수 없었다. 학원에 가면 많은 아이가 있다. 그 아이들은 보통의 아이들이다. 학교 수업이 지겹고 학원 수업이 괴롭다. 그 보통의 아이들 속에 자신은 왜 낄 수 없는지, 은아는 억울하기만 했다.

사람들이 흘끔거리는 걸 본 뒤에야 은아는 자신의 교복이 엉망이라는 것을 깨달았다. 이대로 집에 가면 어떻게 핑계를 대야 할지 고민이 되었다. 수진의 말대로 학폭으로 신고할 생각은 없었다. 핸드폰을 켜 잠깐 검색만 해도 학폭 신고 뒤에 정학 맞았던 아이들이 다시 같은 학교로 돌아와 피해 학생이 오히려 전학을 가야 했다는 뉴스가 수십 건 나왔다. 다른 학교에 가고 싶지 않았다. 거기에 가면 또 어떤 아이들이 있을지 알 수 없다.

부모님은 자신이 왕따라는 이야기를 들으면 어떻게 반응할까? "언니는 안 그런데 넌 왜 그러니?"라고 말하지 않을까? 오늘 같은 일을 당해도 "넌 가만히 있었어? 싸웠어야지!"라고 말하지 않을까?

지친 채로 버스에서 내렸다. 아파트로 들어가면서 교복의 먼지를 털었다. 완전히 깨끗해지지는 않았지만 아직 엄마 아빠가 퇴근했을 시간은 아니었다. 언니만 피하면 된다. 집에 도착하자마자 방 안으로 들어가 옷을 갈아입으면 아무 문제 없을 거였다.

터덜터덜 단지 안으로 들어서던 은아는 우뚝 걸음을 멈추었다. 오늘만큼은, 지금 이 순간만큼은 절대 보고 싶지 않은 한 사람이 거기 서 있었기 때문이었다.

교생 선생님이었다.

그녀는 긴장된 듯한 얼굴로 은아네 아파트 동 앞에 서서 안절부절못하며 주변을 둘러보고 있었다. 한 손에는 종이 가방을 들고 연신 손목시계를 확인하면서. 그때 눈이 마주쳤다. 교생 선생님의 눈이 휘둥그레지더니 곧장 이쪽으로 달려왔다. 선생님은 얼른 종이 가방 안에서 얇은 카디건을 꺼내 은아의 어깨에 걸쳐 주었다.

"선생님이……. 여긴 웬일이세요?"

억눌린 음성이 나왔다.

"그게……."

선생님은 제대로 말하지 못했다. 그때 은아의 눈에 종이 가방 속에 남아 있던 물건이 눈에 띄었다. 교복이었다. 은아는 황급히 교생 선생님 옆에서 떨어졌다. 애절한 눈빛으로 교생 선생님이 은아를 응시했다.

"이거 저 갈아입으라고 가져오신 거예요, 설마?"

"나는……. 은아야, 설명할게. 일단 옷부터 갈아입자."

"선생님 오늘 무슨 일이 있었는지 알고 계셨던 거예요?"

선생님은 대답하지 못했다. 그건 긍정으로 읽혔다. 이해가 안 됐다. 그렇게 챙겨 주는 척하면서 정작 맞는 걸 알고 있어도 나 몰라라 했다는 얘기였다.

"선생님은 대체 뭐예요? 나한테 왜 이래요?"

"은아야……."

"선생님 누구예요? 처음부터 이상했어. 내가 감자 알레르기 있는 거 선생님 알고 있었죠? 그리고 우리 집은 어떻게 알고 있었어요? 내가 오늘 폭력을 당할 거라는 거 알고 이렇게 옷까지 가지고 오고……. 이건 너무 이상한 일이에요. 선생님 대체 뭐예요? 나한테 원하는 게 뭐냐고요!"

"나는 너야!"

은아는 순간 입을 멈췄다. 멍하니 벌어진 입이 은아의 당황을 그대로 보여 주고 있었다. 은아는 지금 자신이 무슨 소리를 들었는지 이해가 안 됐다. 잘못 들은 것 같지는 않은데 도무지 이해가 안 가는 말이었다. 두 사람의 주변에 정적이 흘렀다. 한참을 그러고 있던 은아는 헛웃음을 뱉었다.

"지금 장난하세요?"

"장난 아니야. 나는 너야. 네가 나고. 믿기지 않을 거라는 건 알아. 근데 흥분 좀 가라앉히고 나랑 잠깐 얘기 좀 해. 다 얘기해 줄 테니까. 모두 다."

＊

몇 시간 뒤, 은아는 현관문을 열고 집 안으로 들어갔다. 잠금 장치가 해제되는 소리를 들었는지 언니인 은진이 쪼르르 달려 나왔다. 예상대로 아직 부모님은 오시지 않은 것 같았다. 언니는 손에 새것이 확실해 보이는 셔츠를 들고 있었다.

"이제 왔어? 오늘은 일찍 왔네? 학원 일찍 끝났나 봐."

"어."

은아는 자신의 방으로 들어가려 했다. 어차피 선생님이 들고 온 교복으로 갈아입고 와서 눈치챌 일은 없지만, 머릿속이 너무 복잡해 누구와도 이야기하고 싶지 않았다. 특히 언니의 새 옷 자랑이라면 더욱더.

"이거 어때? 이거 요즘에 제일 핫한 신상인데 한정판……."

"어, 예쁘다. 나 머리가 아파서 먼저 좀 잘게."

은아의 방은 현관 입구에서 가장 가까운 방이었다. 문을 열고 들어가 닫는 동안 은진의 "……어, 잘자." 하는 대답이 들려왔지만 중요한 것은 그게 아니었다. 은아는 얼른 가방을 내려놓고 자신의 책상으로 갔다. 지금은 아까 맞은 아픔쯤은 느껴지지도 않았다.

책상에 앉자마자 오른쪽에 달린 세 칸의 서랍장 중에서 가장 아래의 서랍을 열었다. 안에는 철재로 만들어진 금고가 들어 있었다. 잠금쇠는 은아가 직접 철물점에 가서 산 단단한 것이고 열쇠 역시 자신이 늘 가지고 다닌다. 여분의 열쇠는 없다. 언니도, 부모님도 남의 물건을 함부로 뒤지지 않는 타입이라서 아마 여기에 금고가 들어 있는지도 모를 것이었다. 은아는 열심히 상자를 살폈다. 잠금쇠 역시 꼼꼼하게 확인했다. 억지로 연 흔적 같은 것은 없었다. 은아는 열쇠를 꽂아 잠금쇠를 풀었다. 안에는 일기장이 들어 있었다.

은아는 조금 전 교생 선생님과 했던 대화를 떠올렸다.

'첫사랑은 중학교 2학년 때. 독서반 오빠였지?'

'그걸 어떻게……'

'사귀자고 편지를 보냈고, 친절히 거절당한 뒤에……'

'그, 그만!'

은아는 일기장을 펼쳤다. 매일 쓰는 일기가 아니라 꼭 적고 싶은 일이 있을 때만 적어 중학교 때의 일도 고스란히 남아 있었다. 기쁨보다는 대체로 슬픔과 고통으로 가득 찬 일기장이었다.

2020년 7월 14일

진우 오빠에게 고백을 했다. 오빠는 정말 기쁘지만, 외고를 목표로 하고 있기에 날 챙겨 줄 시간이 없다고 했다. 가슴은 아팠지만, 마음을 접기로 했는데……. 오빠가 친구와 하는 말을 듣고 말았다. 쭉 팔려서 개랑 어떻게 사귀냐고. 고백받은 것도 소문내지 말라고.

그 외에도 교생 선생님은 나밖에 알 수 없는 것을 많이 알고 있었다. 집을 청소하고, 주말엔 식사를 차리고, 용돈을 아끼고 아껴 모은 돈으로 엄마와 아빠의 영양제를 사 드린 것이, 그렇게라도 해서 언니에게만 가는 부모님의 사랑을 받고 싶어서라는 것. 그리고 언니를 질투해서 틱틱거리지만 사실은 언니를 많이 좋아하고 자랑스러워한다는 것. 관심 없는 척하면서도 언니가 상처받을까 봐 신경 쓰는 것도. 그리고 아까 맞을 때 봤던 수진의 팬티가 빨간색이라는 것까지.

일기장을 쥔 채로 은아는 침대에 털썩 주저앉았다. 선생님은 정말로 내가 아는, 아니 나만이 알 수밖에 없는 이야기를 전부 알고 있었다.

'정말일까? 정말 교생 선생님이 미래에서 온 나인 건가?'

믿을 수 없는 비밀

　담임 선생님 대신 출석을 부르는 교생 선생님을 은아는 물끄러미 응시했다. 어제 교생 선생님은 자신이 은아 본인이고 미래에서 왔다고 말했다. 처음엔 솔직히 교생 선생님의 머리가 어떻게 된 게 아닐까 싶었다. 어쩌면 자신을 바보 취급하는 건지도 모른다는 생각까지 했다. 하지만 교생 선생님은 절대 은아가 아니고서는 알 수 없는 일들을 이야기했다. 혼란스럽고 머릿속이 뒤죽박죽된 것 같았지만, 수진의 빨간 팬티 이야기에 믿지 않으려야 않을 수가 없었다.

　'정말로 선생님이 미래의 나…….'

　그렇다면 묻고 싶은 것이 너무 많았다. 하지만 교생 선생님은 시간이 너무 늦었으니 내일 이야기하자고 했다. 교생 선생님의 모습이 생경하게 느껴졌다.

"이은아!"

"네?"

은아는 번개라도 맞은 듯 고개를 퍼뜩 들었다. 아이들의 웃음이 와르르 터졌다. 교생 선생님도 어이없다는 듯 웃으며 나를 보았다.

"두 번이나 불렀는데?"

"죄송합니다."

은아는 얼굴을 붉히며 고개를 숙였다. 양쪽 볼이 홧홧했다.

'저렇게 활기찬 선생님이 정말로 미래의 나일까?'

따지고 보면 성격부터 뭐 하나 닮은 점이 없다.

"그럼 모두 좋은 하루 보내!"

"네!"

아이들의 대답 소리와 함께 조례가 끝났다. 교생 선생님은 교단을 내려서며 담임 선생님께 짧게 묵례했다. 담임 선생님과 함께 교생 선생님이 교실을 나가려 했다. 은아는 벌떡 일어났다. 묻고 싶은 게 너무나 많았다. 그때 교생 선생님이 뒤를 돌아보았다. 그러나 별일 없다는 듯 다시 고개를 돌리곤 교실을 벗어났다. 미닫이문이 닫히며 교생 선생님과의 사이를 갈라놨다. 은아는 당황했다. 어제는 내일 다시 얘기하자고 해 놓고 지금은 피하는 것만 같았다.

그때 교복 주머니 안에서 핸드폰이 짧게 진동했다. 저장되어 있는 연락처가 아니었지만, 내용으로 보아 보낸 사람은 확실했다. 교생 선생님이었다.

궁금한 게 많겠지만, 따로 만나서 얘기하자.

그리고 그 밑에 주소가 적혀 있었다. 후파동 서진 빌라 3동 506호. 교생 선생님의 집 주소인 것 같았다. 그래, 조금만 참으면 자세한 이야기를 들을 수 있다. 은아는 핸드폰을 다시 주머니 속에 집어넣으며 자리로 돌아가기 위해 몸을 돌렸다. 그때서야 교생 선생님이 왜 은아와 눈이 마주쳤음에도 그냥 교실 밖으로 나갔는지를 알 수 있었다. 수진이 이쪽을 노려보고 있었다. 더 이상 곤란하게 하지 않으려는 마음일 테다. 은아는 자신의 자리로 조용히 돌아갔다.

그날은 수업이 어떻게 끝났는지도 알 수 없었다. 시간은 느리게만 가는데 수업 내용은 하나도 귀에 들어오지 않았다. 무슨 이야기를 물어야 할까 하고 생각하다가 불현듯 자신이 이 말을 고스란히 믿어도 되는 건지 고민에 빠졌다. 그러다가 '선생님이 무슨 이익이 있어서 나한테 그런 거짓말을 해?'라고 생각해 놓고는, 또다시 '정말로 미래에서 왔다면 왜…….' 하고 생각하기를 반복했다.

종일 입술이 마르도록 애태운 끝에 겨우 종례 시간을 맞이했다. 종례 시간에 들어온 교생 선생님은 역시나 은아와 눈도 마주치지 않았다. 종례까지 끝난 후 은아는 재빨리 가방을 챙겨 교실을 빠져나가려 했다. 그때 수진이 다가왔다.

"너 나 좀 봐."

"미안. 급한 일이 있어서."

은아는 수진을 저지하듯 손을 들어 보이고는 재빨리 교실을 빠져나갔다. 뒤에서 수진이 소리를 지르는 것이 들렸지만 뜀박질을 멈출 수는 없었다. 문득, 수진을 마주하는데 조금도 얼어붙거나 기죽지 않았다는 걸 깨닫고는 신기한 마음도 들었다. 그러나 지금은 그런 게 중요한 게 아니었다.

인터넷 지도로 검색해 보니 서진 빌라는 걸어서 30분 거리에 있었다. 그러나 버스를 타는 게 더 빨랐다. 은아는 버스를 타고 서진 빌라 앞까지 도착했다. 서진 빌라는 5층짜리 아주 오래된 건물이었다. 엘리베이터는 당연히 없을 듯했다. 은아는 선생님이 보냈던 문자를 확인했다. 3동 506호. 5층이란 얘기다. 하아, 한숨을 쉬며 계단을 하나하나 오르기 시작했다.

체력의 한심함을 절절히 느끼며 5층으로 올라갔다. 숨이 턱에 찼고, 허리가 끊어질 듯 펴지지 않았다. 매달리듯 초인종에 손을 올렸을 때, 이미 알고 있다는 듯 현관문이 열렸다. 그 사이로 화사한 선생님의 얼굴이 불쑥 나왔다.

"저 오는 것도 이미 알고 계신 일이에요?"

"아니. 안까지 들려. 너 헉헉거리는 소리가."

교생 선생님이 특유의 밝은 웃음을 지으며 얼굴이 붉게 달아오른 은아를 안으로 들였다.

"마실 것 줄게. 시원한 거, 따뜻한 거?"

"시원한 거요."

"오케이."

선생님은 손가락으로 동그라미 모양을 만들어 보이곤 안으로 들어갔다. 은아는 거친 숨을 가라앉히며 찬찬히 집 내부를 훑어보았다. 밖에서는 굉장히 낡아 보였지만 집 안은 상당히 깨끗했다. 도배한 지 얼마 안 됐는지 흰 벽지에는 얼룩 하나 보이지 않았다. 거실에는 TV와 소파만 놓고 다른 서랍장은 두지 않았으며 주방 쪽에는 커튼을 달아 공간을 분리했다. 문의 개수로 보아 방은 두 개가 있는 듯했다.

'나, 미래에 이런 집에 사는 걸까.'

그런 생각을 하는 사이 교생 선생님이 쟁반을 들고 나왔다. 유리컵에는 갈색 음료가 들어 있었고 얼음이 가득했다.

"매실 주스야. 괜찮지?"

"네."

선생님은 앉으라는 듯 은아에게 소파를 가리켰다. 은아가 소파에 앉자 앞에 있는 테이블에 잔을 내려놓아 주고는 맞은 편 바닥에 털썩 주저앉았다. 소파에 앉은 은아가 선생님을 내려다보는 모양이 되었다. 은아가 당황해하며 바닥에 앉으려 하자 선생님이 손을 저어 저지했다.

"그냥 앉아 있어. 난 바닥이 편해서 그래."

바닥이 좋으면 왜 소파를 둔 걸까? 은아는 그런 생각을 하며 음료수 잔에 손을 뻗었다. 매실 음료는 달면서도 상큼했다. 그 사이에도 선생님은 은아를 빤히 보고 있었다. 왠지 어색한 기운이 감돌았다. 은아는 조심스레 잔을 내려놓았다. 침묵을 깬 건 선생님이 먼저였다.

"궁금한 게 많지?"

은아는 눈만 깜박일 뿐 대답하지 못했다.

"오늘 아주 넋을 놓고 있던데?"

은아의 얼굴이 다시 빨개졌다. 교생 선생님은 다 보고 있었던 모양이었다. 아니, 교생 선생님 자체가 나 자신이니까 어떤 심정으로 있을지 다 아는 건가?

많은 생각이 충돌하고 있는 은아의 머릿속을 보지 않아도 알 것 같다는 듯 교생 선생님은 부드러운 미소를 지었다. 그녀는 자신의 양쪽 다리를 모아 팔로 끌어안으며 은아에게 말했다.

"궁금한 거 있으면 물어봐."

은아는 잠시 말을 골랐다.

"정말이에요? 선생님이 나라는 거."

선생님은 고개를 끄덕였다.

"어떻게 그게 가능해요?"

"그러게. 세상엔 믿지 못할 일이 많이 벌어진다지만 나도 그걸 믿은 적은 없었어. 그런 콘텐츠로 방송하는 유튜버들도 다 가짜라고 생각했거든. 근데 나한테 이런 일이 벌어질 줄은 나도 몰랐네."

은아는 눈을 깜박였다. 아직 자신이 궁금해하는 답은 나오지 않았다. 그걸 이해하는지 교생 선생님도 금세 말을 이었다.

"어느 날, 사고가 있었어."

어떤 사고였을까? 알 수는 없어도 선생님은 그날이 떠오르는지 인상을 찌푸렸다. 그 표정이 굉장히 힘겨워 보였다.

"그런 말 알아? 죽기 직전에 자기가 살아왔던 삶이 다 지나간다고. 정말 그렇더라. 내 삶이 머릿속을 스쳐 가는데, 너무 억울한 거야. 왜 나는 맨날 주눅 들어서 그렇게만 살아왔나. 그 예쁘고 빛나야만 했던 내 청소년기를."

"사고요?"

"응."

"그럼……. 나 죽어요?"

선생님은 잠시 은아의 눈을 들여다보며 대답하지 않았다.

"죽어요?"

"아니, 살아."

선생님은 고개를 저으며 단호히 말했다. 은아는 안도의 한숨을 쉬었다.

"살아는 남았지만, 나는 사고 순간 내 삶이 억울했어. 꼭 돌아가고 싶은, 다시 살아 보고 싶은 시간이 있는 거야. 그때, 내 눈앞에 어떤 할머니가 지나가고 있었어. 할머니는 사고로 쓰러져 있는 사람들 하나하나를 들여다보고 있었지. 나는 왠지 알 것 같았어. 저 사람이 저승사자라는 걸. 내 앞에 가까이 왔을 때, 나는 할머니의 발목을 꽉 잡았어. 나를 고등학교 때로 보내 달라고. 그렇지 않으면 아무도 못 데려가게 안 놓아 줄 거라고."

은아는 무슨 말을 해야 할지 알 수 없었다. 이야기가 너무 허황되게 느껴졌다. 은아가 좋아하는 심야 괴담회 같은 프로그램에서도 이런 얘기는 나오지 않을 것 같았다.

"믿지 못하겠지만 그게 사실이야. 할머니는 내가 자신을 봤다는 것 자체에 놀랐지. 그리고 놓아 주지 않으면 자기가 곤란하게 될 거라는 걸 알았어. 그래서 날 지금의 너에게 보내 준 거야. 아주 잠깐이지만."

"왜 지금의 저에게 오고 싶었어요?"

"해 주고 싶은 말이 있어서."

은아는 선생님을 응시했다. 아주 따뜻한 눈이었다. 그 눈을 보니 왠지 믿어졌다. 아니, 사실 자신에 대해 너무 잘 알고 있다는 것만으로도 어느 정도 믿긴 했다. 하지만 저 눈빛에 마음이 열렸다는 사실을 깨달았다.

"무슨 말이요?"

선생님은 잠시 눈을 아래로 내렸다. 그리고는 미소를 지었다. 조금 슬픈 듯한 미소여서 은아 역시 슬퍼졌다. 선생님이 바닥에서 일어났다. 그리고는 은아의 옆자리로 왔다. 선생님은 한 손으로 은아의 손을 맞잡았다. 따뜻한 온기가 선생님 손에 있었다. 은아가 아무 말도 하지 못하고 어색해하며 앉아 있자 선생님은 다른 한 손을 은아의 머리에 얹었다. 그리고는 아주 천천히 손을 미끄러트려 은아의 머리를 쓰다듬었다.

"괜찮아."

단 한 마디의 말뿐이었는데 갑자기 눈 안이 화끈해졌다.

"괜찮아, 은아야."

어떻게 해 볼 사이도 없이 굵은 눈물방울이 뚝뚝 떨어졌다. 은아는 몹시 당황했다. 한쪽 손으로 눈을 쓱쓱 닦았다. 그래도 자꾸만 눈물이 떨어졌다.

"어……. 왜 이러지."

"괜찮아. 울어도 돼."

이번엔 선생님이 은아를 끌어당겨 품 안에 안았다. 선생님은 은아의 등을 천천히 다독였다. 은아는 점점 숨이 가빠오는 것을 느꼈다. 뭔가 뜨끈하고 단단한 것이 가슴을 막고 있는 것만 같았다.

"아…… 아……."

은아는 가슴에 맺힌 것을 뱉어 내려는 듯 입을 벌렸다. 울음은 점점 소리와 함께 은아에게서 밀려 나오기 시작했다.

"괜찮아. 다 괜찮아. 친구 없는 거? 하나도 부끄러워할 필요 없어. 주눅 들지 마. 너와 맞는 아이가 없는 것뿐이야. 그리고 너 부모님께 학교생활 힘들다고 말 못 하는 거, 부모님이 실망할까 봐 그러는 거지?"

선생님은 은아를 떼어 내고 눈을 들여다보았다. 그 눈을 보니 더 눈물이 멎지 못하고 쏟아져 나왔다. 그 말이 맞았다. 힘들다고 말하고 싶었다. 그런데 그러지 못했다. 언니는 친구도 많고 쾌활한데 넌 왜 그러냐고 할 것만 같았다. 친구가 있는 척할 때도 있었다.

"언니는 우산도 갖다주고 잘해 주면서 나한테는 왜 그러냐고 말해도 돼."

은아는 울면서도 고개를 저었다. 그럴 수 없었다. 착한 아이가 되어야 했다. 착하기라도 해야 부모님께 인정받을 수 있을 것 같았다. 휴일에는 집안일도 나서서 했다. 언니는 유튜브 촬영을 핑계로 집안일을 한 번도 거든 적 없지만 은아는 했다. 그러면 부모님의 칭찬을 받을 수 있었다. 언니가 유튜브 촬영할 때마다 짜증을 내는 것도 은아는 되받아치지 않았다.

"은아는 착해."

그런 말이라도 듣고 싶어서.

"다른 사람한테 인정받겠다고 너를 힘들게 하지 마. 너를 지켜 줄 가장 첫 번째 사람은 너야. 네가 힘든 건 힘들다고 하고 화가 나는 건 화가 난다고 말해. 그래도 돼. 모든 걸 널 위주로 생각해. 이기적으로 되라는 말이 아냐. 네가 어떻게 하고 싶은지, 넌 뭘 하고 싶은지 항상 너한테 묻고 널 위주로 행동해. 넌 당당한 한 사람이야. 한 존재라고."

은아는 울었다. 울고 또 울었다. 그동안 선생님은 은아를 안은 채로 다독였다. 은아는 왠지 자신이 불쌍했다. 엄마 아빠에게 인정받기 위해, 아무것도 말하지 않고 늘 괜찮다고 했다. 언니한테만 신경 써 준다고 서운해한 적도 없다. 하지만 인정받고 싶은 것 자체는 잘못된 것이 아니다. 다만 그렇게 하기로 한 그 결정에 '내'가 없었다. 자신이 그렇게 참아서 엄마 아빠에게 좋은 딸이 되고 싶어 했다. '나'라는 존재는 힘들든 말든 신경도 쓰지 않고, 저 멀리 밀어 두고서. 그러면서도 내심 엄마 아빠를 원망했다. 언니에게 냉랭하게 대했다.

사실은 언니를 사랑했다. 자랑스러웠다. 그런 티를 내면 언니를 부러워한다고 느낄까 봐, 언니가 더 잘난 척을 할까 봐 언니에게 다정한 말을 한 적이 없었다.

"사랑한다고, 말해도 돼."

싫은 나를 좋아하는 법

"전 제가 싫어요."

울음은 잦아들었지만, 감정이 아직 사라지지 않았는지 은아는 가슴이 씨근덕거려서 간신히 말을 뱉었다.

"왜?"

선생님의 목소리는 다정하고 부드러웠다.

"친구도 못 사귀고, 할 줄 아는 것도 없고, 언니 질투나 하고, 콤플렉스 덩어리인데……. 한심해요. 이런 저를 제가 어떻게 좋아할 수 있겠어요."

"은아야."

자신의 이름을 부르는 선생님의 목소리가 어쩐지 엄중하게 들렸다. 은아는 고개를 들고 선생님을 바라보았다. 선생님은 고개를 가로젓고는 입을 열었다.

"너에게 만약 소중한 친구가 있어. 그런데 그 친구가 나는 잘하는 것도 없고 한심하다고 너한테 고민 상담하면 너는 어떻게 할 거야?"

은아는 말문이 막혔다. 답은 당연하다. 위로해 줄 것이다. '그렇지 않아.'라고. 선생님이 왜 그런 질문을 했는지 단번에 알 것 같았다.

"남한테는 그렇게 하면서 왜 너한테는 못되게 굴어? 너를 그렇게 모질게 대하지 마. 너를 멀리 내치지 말고 가까이에 두고 애정과 관심을 줘. 그럼 나라는 사람은 뭘 좋아하는지, 그걸 잘하고 싶으면 어떻게 하면 되는지를 더 생각하게 되고 잘하게 될 거야. 자존감이란 그런 거야. 네가 널 사랑하는 것부터 해야 해."

은아는 선생님의 말을 머리로는 이해했다. 하지만 가슴에서 '이렇게 못난 나를 어떻게 사랑하지?' 하는 생각이 들었다. 그런 생각을 알아챘을까? 선생님이 말을 이었다.

"네 방 스스로 정리해 본 적 없지?"

"아. 그게……."

"변명 안 해도 알아. 내가 너라니까."

은아는 붉어진 얼굴을 숙였다.

"우선 네 방부터 네가 정리해 봐. 네가 좋아하는 것들로 꾸미고 네가 청소를 하고, 아침에 일어나 네가 침대를 정리해. 내가 나를 아무 데나 눕히지 않는 거야. 날 위한 방에 날 눕게 해 주고, 날 위해 재밌는 일을 찾아 주는 거야. 자존감이라는 게 대단한 게 아냐. 만약 다른 사람이 너한테 못생겼다고 했을 때 고집스럽게 '난 상처받지 않을 거야.' 하는 게 자존감이 아니야. '그래, 나는 외모는 부족할지 몰라도 이런 건 잘해. 난 소중한 사람이야.' 이렇게 생각하고 떨쳐 내는 것. 그게 자존감이야."

은아는 선생님을 빤히 응시했다.

'선생님은 나다.'

자신만이 알 수밖에 없는 것을 알고 있는 선생님의 말을 믿지 않을 도리는 없다. 하지만……. 깊고 커다란 눈, 또렷한 눈매, 깨끗한 피부와 시원한 웃음을 짓는 입술. 누가 봐도 미인이라 할 수밖에 없는 선생님의 얼굴에서는 자신의 모습을 도저히 찾을 수가 없었다. 엄마가 대학 가면 예뻐진다고 말버릇처럼 얘기했지만 그런 사례를 은아는 한 번도 본 적이 없었다.

자신을 빤히 바라보는 것이 이상했는지 선생님이 미소를 지으며 고개를 갸웃했다.

"왜?"

"혹시 저 성형 수술 하나요?"

은아의 질문에 선생님의 눈이 휘둥그레졌다. 그리고는 곧 질문의 뜻을 이해했다는 듯 웃음을 터뜨렸다. 은아의 얼굴이 빨개질 정도로 한참이나 웃은 선생님의 눈 끝에는 눈물까지 송글 맺혔다. 은아의 입술이 비쭉 내밀어진 것을 눈치챈 뒤에야 선생님은 웃음을 멈췄다.

"내가 과거에서 널 만나러 오는데 네 모습으로 오면 안 되지. 그럼 이은아라는 사람이 두 명이 되는 건데."

"그럼요?"

"당연히 다른 사람의 몸을 빌린 거지."

"에이."

은아는 어깨를 늘어트렸다.

"왜? 실망했어?"

"조금 예뻐질 수 있나 생각한 것도 있지만……. 공부도 못하는데 선생님 될 수 있는 건가 싶었어요."

"넌 선생님이 되고 싶은 게 아니잖아? 글을 쓰고 싶어 하는 거 아니었어?"

역시 선생님은 미래의 자신이라고, 은아는 방금 그 말에서 더 큰 확신을 얻었다. 자신의 꿈을 누구에게도 말한 적이 없기 때문이다.

"저, 그럼 작가 될 수 있어요?"

선생님은 잠시 미소를 지으며 고개를 갸웃했다.

"글쎄다? 그건 너한테 달렸지."

그 미소가 왠지 슬프게 느껴져서 은아는 불안했다.

"저 작가 못 되는 거예요?"

선생님은 은아의 어깨를 잡았다.

"말했잖아. 미래는 너한테 달려 있다고."

"네? 그게 무슨 말이에요?"

"내가 만약 너는 작가가 된다고 하면 너는 어떨까? 아무것도 열심히 하지 않을 거야. 그렇게 되면 당연히 너는 작가가 될 수 없을 것이고 미래는 바뀌겠지? 반대의 경우도 마찬가지야. 네가 작가가 될 수 없다고 하면 너는 미리 포기해 버리겠지."

"아."

이해했다는 듯 은아는 고개를 끄덕였다. 선생님은 그런 은아가 귀엽다는 듯이 내려다보며 머리를 쓰다듬었다. 손이 아주 따뜻했다. 스스로에게 받는 위로라고 생각하니 은아는 기분이 왠지 이상했다.

"근데, 한 가지 더 물어봐도 돼요?"

"뭔데?"

은아는 고개를 들고 선생님을 마주 보았다.

"선생님이 저라면, 제가 애들한테 맞을 거라는 거 미리 알고 있으셨을 거잖아요."

그 말을 듣자 선생님은 슬픈 듯이 웃었다. 선생님은 천천히 고개를 끄덕였다.

"그런데 왜 미리 막아 주지 않았어요?"

"내가 미래에서 이곳으로 와 널 만나는 데는 조건이 있었어."

"조건이요?"

"응. 절대 과거에 벌어진 일에 직접적으로 개입해서는 안 된다는 것. 그럼 미래도 바뀌기 때문에 대혼란이 일어나. 그게 절대 조건이었어."

그 말을 하는 선생님의 얼굴은 당장 울음을 터트릴 것 같았다. 맞는 걸 막아 주지 못한 미안함일까? 은아는 깜짝 놀라 얼른 대화를 바꿨다.

"그래도 선생님이 저라서 다행이에요."

"왜?"

서글픈 눈으로 바닥을 내려다보던 선생님이 그제야 은아에게로 시선을 돌렸다.

"사실, 창피했거든요. 맨날 혼자 밥 먹는 모습 보이는 게. 친구 없는 거 말이에요."

선생님은 뭔가를 생각하는 듯 턱을 만졌다. 그리고는 미소를 지으며 말했다.

"이건 미래를 바꾸는 게 아니니까 미리 하나 얘기해 줄까?"

"뭔데요?"

"곧 너에게는 친구가 생겨."

"정말요? 말도 안 돼."

그렇게 말하면서도 은아는 가슴이 두근거렸다. 같은 반 아이들을 여러 명 떠올려 봤지만 자신과 친구가 되어 줄 만한 아이는 딱히 생각나지 않았다.

"정말이야. 기다려 봐. 아주 좋은 친구가 곧 너에게 올 거야."

그렇게 말한 선생님은 웬일인지 다시 서글픈 눈길을 바닥으로 떨어트렸다.

삼십 분쯤 뒤, 은아는 선생님의 집에서 나와 도로로 내려섰다. 그러고는 조금 전 나온 집을 올려다보았다. 왠지 내일 아침에 찾아와 보면 없어져 있는 것 아닐까 하는 생각이 들었다. 다른 사람의 몸으로 왔다고 하는데, 그럼 그 사람은 어떻게 된 걸까. 궁금한 게 한두 개가 아니었지만, 가장 마음에 걸리는 것은 선생님의 표정이었다.

왜 그렇게 슬픈 표정이었을까? 자신이 맞는 걸 왜 막아 주지 않았느냐는 물음에서부터 내내 그 표정이었다. 미안해서일까?

선생님은 벌어지는 사건에 개입하지 않겠다는 조건으로 이곳에 왔다고 했다. 하지만 맞는 걸 막아 주는 것만으로 무슨 미래가 바뀐다는 걸까? 은아는 터덜터덜 걸으며 생각했다. 어쩌면 그 아이들이 자신을 때린 죗값을 먼 미래에 받는 걸지도 모른다. 요즘 연예인 중에서도 과거에 저지른 학폭 문제 때문에 공식 사과를 하고 활동 중단에 들어가는 경우도 많잖은가. 분명 그런 것이다. 그러니 선생님은 막지 못한 것이다. 그런 설명을 해 줄 수도 없으니 그렇게 미안해하는 것이리라.

'친구가 생긴다.'

가슴이 설레면서 자기도 모르게 걸음이 빨라졌다.

'어떤 친구일까? 어떻게 생긴다는 걸까?'

은아는 마구 달리고 싶은 기분이 들었다. 언제 생긴다는 것인지 물어보지 않은 것이 후회될 지경이었다.

은아는 매일 밤 그게 언제일지 궁금해하며 잠자리에 들었다. 다른 반의 아이가 친구가 된다는 것인지 같은 반에서 친구가 생긴다는 것인지 알 수 없었다.

그 뒤로 아무리 물어봐도 선생님은 미소만 지으며 고개를 저을 뿐이었다. 은아는 누가 친구가 될지 알 수가 없었다. 실수로 자신에게 부딪힌 아이에게 괜찮다며 옷에 묻은 먼지를 떨어 주기도 했고, "수학 숙제한 사람?" 하고 울상을 지으며 소리치는 아이에게는 숙제를 보여 주기도 했다. 가끔 수진의 패거리들과 눈이 마주치기도 했지만 애써 시선을 피했다. 최대한 눈에 띄지 말자고 생각했다. 자신에게도 친구가 생기면 괴롭힘이 없어질 거라고 생각했다.

은아가 기다리고 기다리던 날은 며칠 만에 찾아왔다. 얄궂게도 교생 선생님의 실습이 끝나는 날과 겹쳐서였다.

"다들 고마웠어. 덕분에 행복하게 교생 실습을 마칠 수 있었어."

그 말을 하면서 선생님은 은아와 길게 눈을 맞추어 주었다.

"모두 건강하게 잘 지내 줬으면 좋겠고, 즐겁게 생활했으면 좋겠다!"

아이들의 박수 소리는 아쉬움의 소리와 함께 교실을 흔들었다. 마지막까지 '공부 열심히 해라.' 같은 소리를 하지 않는 것이 역시 교생 선생님답다고 감탄을 터뜨리는 아이도 있었다. 은아도 교생 선생님이 떠나는 것은 아쉬웠지만, 다른 아이들만큼은 아니었다.

'날 만나고 싶으면 앞으로는 그 집으로 찾아오면 돼.'

은아는 자신만의 비밀이 생긴 것 같아 왠지 좋았다.

교생 선생님의 인사가 끝나자 담임 선생님이 교단으로 올라왔다. 그리고는 또 다른 소식을 아이들에게 전했다.

"오늘 교생 선생님 떠나시는 날인데, 너희들 아쉬울까 봐 딱 맞춰 전학생이 왔구나."

아이들이 술렁였다. 은아는 얼른 교생 선생님을 보았다. 눈이 마주치자 교생 선생님이 웃었다. 왠지 심장이 두근거리면서 은아는 뚫어지게 출입문을 보았다.

"자, 들어와라."

지금껏 복도에서 기다리고 있었을 그 아이는 조심스럽게 문을 열고 들어왔다. 얼굴이 유난히 하얗고 동그란 아이였다. 키가 작은 편인데 아주 귀여운 인상이었다. 그래서인지 찰랑거리는 단발머리가 잘 어울렸다.

"채신화야. 앞으로 잘 부탁해."

선생님이 인사를 하라고 하자, 명료하고도 맑은 목소리로 신화가 인사를 했다. 은아는 왠지 자신까지 밝아지는 기분이었다. 그리고 확신했다. 저 아이가 자신의 친구가 될 거라고. 그 확신은 상당 부분 맞아떨어졌다. 은아의 옆자리가 비어 있었기 때문에 신화는 은아의 짝이 되었다. 신화가 뚜벅뚜벅 걸어 옆으로 왔을 때 은아는 용기를 내어 말했다. 비록 기어 들어가는 목소리였지만.

"잘 부탁해. 나는 이은아야."

신화는 햇살처럼 화사한 웃음으로 대답했다.

"내가 잘 부탁해야지. 반가워. 은아야."

아직 교과서가 없는 신화를 위해 은아는 함께 볼 수 있도록 신화 쪽으로 교과서를 훨씬 더 밀어 주고 함께 보았다. 그리고 틈틈이 속삭여 수업 진도를 설명해 주었다. 노트를 빌려주기로 약속도 했다. 그때마다 신화는 정말 고마워했다. 은아는 '쉬는 시간이 되면 신화에게 학교를 구경시켜 주겠다고 해 볼까?' 하고 두근거리며 생각했다.

하지만 기대는 마음처럼 이루어지지 않았다. 수업이 끝나자마자 수진과 그 패거리들이 두 사람의 자리로 다가왔기 때문이었다. 수진은 신화의 건너편 책상에 걸터앉아 다리를 길게 뻗어 신화의 책상에 얹었다. 수진은 은아를 살짝 노려보고는 신화를 향해서 생긋 웃었다. 새로 립글로스를 발랐는지 입술이 아주 새빨갰다.

"너 티엠(TM) 엔터 연습생이라며? 곧 데뷔 앞두고 있는?"

같은 반 아이들의 시선이 순식간에 집중되었다. 은아도 금세 수긍했다. 이렇게 예쁜 아이라면 당연히 연예인이 되어도 좋을 것이다. 그러면서 조금은 실망했다. 이 아이는 자신의 친구가 아닐 것 같았다. 곧 연예인이 될 아이가 반에서 따돌림받는 자신과 친구가 될 리 없기 때문이었다.

"그런데?"

신화가 고개를 갸웃하며 되물었다.

"역시 맞구나? 소문이 있어서 물어본 거야. 내가 학교 구경 시켜 줄까?"

수진은 신화에게 관심이 많은 것 같았다. 티엠(TM) 엔터테인먼트라면 수진이 가장 좋아하는 아이돌 그룹이 속해 있는 회사다. 어쩌면 신화를 통해 사인이라도 받을 수 있을 거라고 기대하는지도 모른다.

"괜찮아. 난 은아한테 부탁할게. 은아야 괜찮지?"

순식간에 모든 눈이 은아에게로 향했다. 수진의 날카로운 눈까지 포함해서. 은아는 얼떨결에 고개를 끄덕였다. 수진이 "허!" 하고 어이없다는 듯 웃음을 터뜨렸다. 그리고는 신화에게 대단한 친절이라도 베푸는 양 말했다.

"네가 잘 모르나 본데. 쟤 우리 반에서 완전 찐따야. 쟤랑 말하는 애도 없어. 완전 따라고. 밥도 매일 혼자 먹는다니까, 구석에서 처박혀서?"

수진은 은아를 흉내 내듯 등을 둥그렇게 구부리고 밥 먹는 시늉을 해 보였다. 은아의 얼굴이 화르륵 달아올랐다.

하지만 신화는 매섭게 눈을 뜨고는 차갑게 수진의 말을 내쳤다.

"고맙지만 사양할게. 그리고 이 발 좀 치워 줄래? 기분이 나쁘거든?"

수진은 어이없다는 듯 웃었다. 그러면서도 발은 천천히 신화의 책상에서 내렸다. 신화는 벌떡 일어났다. 그리고는 수진에게 가까이 다가갔다.

"그리고 너, 팬티 보여."

신화의 일갈에 곳곳에서 참지 못한 웃음이 터졌다. 은아는 수진이 신화를 때리기라도 할까 봐 겁이 났다. 하지만 수진은 그럴 생각까지는 없어 보였고 신화 역시 더는 수진에게는 흥미 없다는 듯 은아를 향해 고개를 돌렸다.

"은아야, 가자."

"어, 응."

은아는 얼른 자리에서 일어났다. 수진이 일그러진 얼굴로 은아를 노려보았지만, 은아는 서둘러 수진을 지나쳐 신화의 뒤를 따랐다.

"이따 보자."

뒤에서 수진의 목소리가 들렸다. 은아의 걸음이 멈췄다. 신화는 왜 따라오지 않느냐는 듯 은아를 돌아보았고, 수진은 의미심장한 웃음을 지었다. 신화를 따르던 은아는 천천히 뒤를 돌았다. 그리고 수진에게로 다가갔다. 자신을 거역하지 못할 거라 생각하는 것이 분명한 얼굴로 거만하게 웃고 있는 수진의 얼굴에, 아까의 신화처럼 은아는 얼굴을 가까이 댔다.

"너희들이 나 때린 거 사진 다 찍어 뒀거든. 학교 시시티브이도 있을 테고. 더 이상 나 괴롭히면 학폭으로 신고할 거야. 국민 청원도 올리고 인터넷에 싹 뿌릴 거야. 그럼 국회 의원인 너희 아버지가 엄청나게 좋아하시겠다, 그렇지?"

수진의 얼굴이 순식간에 굳었다. 은아는 다시 신화에게로 향했다. 함께 교실 문을 나서자 신화가 물었다.

"아까 쟤한테 뭐라고 한 거야?"

"별거 아냐. 우선 매점부터 갈까?"

"응!"

신화가 은아의 팔짱을 꼈다. 처음 있는 일이라 감격스러웠다. 수진을 생각하니 속도 후련했다. 은아는 자신의 가슴이 알 수 없는 힘으로 가득 차는 것을 느꼈다.

감사한 존재

신화가 전학을 온 지 일주일이 지났다. 그사이 은아와 신화는 절친이 되어 있었다. 은아의 협박이 먹힌 것인지, 아니면 은아를 괴롭히는 것에 대한 흥미가 사라졌는지 몰라도 수진과 그 패거리들도 조용했다. 이전까지만 해도 은아는 아침에 일어날 때가 가장 불행했다. 학교에 가는 것 자체가 은아에게는 고통이었다. 하지만 이제는 다른 아침이 은아에게 찾아왔다. 분명 신화 덕분일 것이다.

신화와 이야기를 하고 있으면 다른 아이들도 곁에 와서 함께 이야기를 나누었다. 점차 신화가 없어도 은아 역시 다른 아이들과 가벼운 대화 정도는 하는 사이가 되어 갔다.

"은아 되게 어두운 줄 알았는데, 재밌는 애였네."

같은 반 미영이가 그렇게 얘기했을 때는 정말 기뻤다.

신화는 다른 아이들과는 달리 학원에 다니지 않았다. 대신 연습생 훈련을 받기 위해 기획사로 갔다. 가끔은 연습생 활동 때문에 조퇴를 하는 일도 있었지만 대체로 등교는 꼬박꼬박했다. 학교에 있을 때는 열심히 수업에 참여하려 노력하는 모습도 보였다. 은아는 신화가 좋았다.

선생님과는 교생 활동이 끝난 이후로 문자를 하거나 가끔 만났다. 선생님이 미래의 자신이라고 하니 은아는 그녀를 뭐라고 불러야 할지 애매했지만 결국 계속 선생님이라고 부르기로 했다. 누가 봐도 명백히 어른인 그녀에게 말을 놓기란 쉽지 않았다.

선생님은 언제까지 이곳에 남아 있을 수 있는 걸까? 은아는 그것이 내내 마음에 걸렸지만 물어보지는 못했다. 당장 내일이라도 떠난다고 할까 봐 겁났기 때문이었다. 마음에 뭔가 걸리는 일이 있거나 걱정되는 일이 있을 때면 선생님과 문자로라도 의논했다. 선생님이 괜찮다고 말하면 마음이 금세 편해졌다. 선생님이 떠나면 너무 아쉬울 것 같았다.

"무슨 생각을 그렇게 해?"

신화의 말에 은아는 생각에서 빠져나왔다. 한 손에는 우유를, 한 손에는 빵을 들고 멍하니 있었다는 것을 깨달았다. 은아는 얼른 빵을 한입 베어 물었다.

"아무것도 아냐. 갑자기 멍 때렸어."

"푸핫, 이은아답다."

신화는 환하게 웃음을 터뜨렸다. 보는 사람마저 상쾌해지는 웃음이었다.

두 사람은 옥상에 와 있었다. 수진과의 그 일이 있은 후 처음 온 것이었다. 급식을 먹지 말고 맛있는 것 사 먹자는 신화의 제안에 은아는 옥상을 떠올렸다. 옥상에서 맞는 바람, 여기서만 느낄 수 있는 여유, 옥상에서 내려다보는 학교 운동장과 저 멀리 다닥다닥 붙어 있는 지붕을 신화에게 보여 주고 싶었다. 그래서 빵과 우유를 사 들고 옥상에 올라온 것이었다. 역시나 신화는 이런 공간이 있었냐며 좋아했다.

은아는 신화의 밝은 옆얼굴을 물끄러미 보다가 말했다.

"고마워."

알 수 없다는 얼굴로 신화가 돌아보며 고개를 갸웃했다. 은아가 말을 이었다.

"나랑 친구 해 줘서."

신화는 미소를 지었다.

"나랑 친구 해 준 건 너잖아. 기억 안 나? 나한테 먼저 말 걸어 줬잖아."

그건 사실이었지만, 그래도 먼저 친구가 되어 준 것은 신화라고 은아는 생각했다. 분명 분위기만 보아도 은아가 친구 하나 없는 왕따라는 것쯤은 알았을 터였다. 그런데도 수진 앞에서 은아를 감싸 주었다. 요즘엔 다른 친구들도 은아에게 편하게 말을 걸어 온다. 신화가 아니었다면 있을 수 없는 일이었다.

"그래도……."

"나 사실 왕따였어."

은아의 말허리를 자르고 신화가 말했을 때, 은아는 자신의 귀를 의심했다. 하지만 신화의 목소리는 분명히 은아의 귀로 전해졌다. 이렇게 밝은 신화가 왕따를? 이해할 수가 없었다.

"지난번 학교에서. 그래서 전학 온 거야."

"아니, 왜?"

"나댄대, 내가."

"허!" 하고 은아는 기가 차다는 듯 숨을 토했다. 더 듣지 않아도 알 것 같았다. 연예인이 되기 위해 연습생 활동을 하고, 얼굴까지 예쁘니 질투가 이만저만 아니었을 것 같았다. 은아는 신화가 왜 자신을 감싸 줬는지 이제야 알 것 같았다. 지난번 학교에서 쌓인 울분 때문에 수진의 행동이 곱지 않게 보였을 것이었다.

신화는 은아의 팔에 팔짱을 끼며 더 가까이 앉았다.

"여기선 네가 있어서 너무 좋아."

은아는 가슴이 뭉클해졌다. 이런 말은 처음 들어 본 은아였다.

"그건 나도 마찬가지야. 네가 있어서 학교생활이 좋아졌어. 이전에는 지옥 같았거든. 나 사실 이상하게 다른 애들한테 말 걸기가 너무 힘들었어. 그러다 보니 이 지경까지 왔는데, 네가 있으니까 달라졌어. 지금은 네가 없을 때도 다른 아이들과 말을 꽤 해."

"정말? 네가 그렇게 말해 주니까 기쁘다."

"다 네 덕분이야. 앞으로 수진이 패거리가 너 못살게 굴면 나도 가만히 안 있을 거야. 힘껏 싸울게. 그리고 더 이상 쪼그리고 있지 않을 거야. 다른 애들과도 말 많이 해서 너한테 많은 친구를 만들어 줄게."

그 말을 하자 신화가 팔짱을 풀며 자신의 팔을 뺐다. 은아는 의아하게 신화를 쳐다보았다. 신화의 얼굴이 살짝 굳어 있었다.

"왜?"

"날 위해서 친구를 만들겠다는 뜻이야?"

"어?"

은아는 신화의 표정이 어째서 경직되어 있는 것인지, 신화의 물음이 뭘 뜻하는 것인지 알 수 없어 어리둥절했다. 신화는 나직한 한숨을 쉬고는 은아의 손을 마주 잡았다.

"너는 너로 존재해."

"응? 무슨 말이야?"

"만약 수진이 패거리가 무섭다면 내 일 때문에 네가 무리해서 힘껏 싸우지 않아도 돼. 나에게 친구를 만들어 주기 위해 네가 힘들여서 친구를 사귈 필요도, 무리할 필요도 없어."

"난 그냥……."

"네 마음은 알아. 하지만 난 네가 나를 위해서 무리하길 바라지 않아. 네가 말하고 싶지 않으면 하지 말고, 친구를 많이 사귀고 싶으면 그렇게 했으면 좋겠어. 다른 사람 때문에 무리하다가는 금세 지쳐. 나는 네가 지치는 건 싫어. 너와 오래오래 친구가 되고 싶어."

신화가 그 말을 하는 순간, 은아는 선생님을 떠올렸다. 다른 사람에게 인정받겠다고 자신을 힘들게 하지 말라던 말이 바로 이런 것이었다. 은아는 아직 자신을 기준에 두지 못하고 있다는 것을 깨달았다. 그리고 신화가 더 좋아졌다. 신화는 진심으로 자신을 걱정하고 생각해 주는 친구라는 것을 알게 됐다.

"무슨 말인지 알 것 같아."

"정말? 난 네가 오해할까 봐 걱정했어."

"오해는 무슨. 네가 날 진심으로 걱정하는 거 알겠는걸. 그래도 좀 더 밝게 행동하려 노력할 거야. 이건 날 위해서."

"그래!"

신화는 웃으며 빨대에 입을 가져다 대었다. 그러다 생각났다는 듯이 귀여운 눈을 반짝이며 은아를 보았다.

"나 내일 기획사에서 연습생 엠티(MT) 가거든? 갔다가 뭔가 사 올 만한 게 있으면 선물 사 올게."

"오! 기대하겠어."

은아가 엄지를 척 내보이자 신화가 까르르 웃었다. 은아는 이 옥상이 더욱 좋아질 것 같았다.

*

그날 저녁, 은아는 방에서 숙제를 하고 있었다. 열심히 움직이던 은아의 볼펜이 우뚝 멈추었다. 은아는 고개를 갸웃했다. 집에 오면서 선생님과 통화했던 일이 내내 마음에 걸려 있었다.

은아는 하굣길에 오늘 점심에 신화와 옥상에서 있었던 일을 선생님에게 이야기했다. 은아의 목소리는 무척 들떠 있었다. 반면 선생님은 달랐다. 낮은 목소리로 "응." 하는 대답만 했다. 목소리가 심상치 않은 것을 깨닫고 무슨 일이 있느냐고 물었지만, 선생님은 아니라고만 했다. 그 목소리가 왠지 슬프게 느껴졌다. 생각보다 일찍 전화를 끊고 선생님한테 가 볼까 하다가 그만두었다. 생각해 보니 선생님은 미래의 자신이다. 신화와 있었던 일에 대해 모를 리가 없다. 아는 얘기를 하니 반응이 신통치 않았던 것을 자신이 예민하게 받아들인 걸지도 몰랐다.

그때 '설마!' 하는 생각이 머리를 스쳤다.

"혹시 미래의 나랑 신화가 싸워서 헤어졌나? 아니면 신화가 대스타가 되어서 나를 모르는 척하는 건가?"

은아는 고개를 저었다. 신화가 그럴 리가 없다.

그런 생각을 할 때 밖에서 기계음이 들려왔다. 현관문 잠금 장치를 여는 소리였다. 시간을 보니 아직 엄마 아빠가 올 시간이 아니었다. 그러면 언니인 은진밖에 없다. 은아는 잠시 머뭇거렸다. 은진과는 파스타 사건이 있고 난 이후로 둘 사이에 서먹함이 감돌았다. 다행히 엄마 아빠가 사이에 있어서 아무 일도 없었던 것처럼 지나갈 수 있었지만 단둘이 있게 되면 어색해졌다.

'나를 기준으로!'

은아는 신화와의 대화를 떠올렸다. 그리고 사랑한다고 말해도 된다던 선생님의 말도 떠올렸다. 은아는 자신을 기준으로 생각해 보았다.

'지금의 나는 어떻게 하고 싶은가. 언니를 피하고 싶은 건가.'

답은 쉽게 나왔다. 은아는 은진에게 사과하고 싶었다. 일일이 은진과 비교했던 것은 자격지심이었다. 유튜버 '지니'의 동생인 걸 알리고 싶지 않았던 것도 남들이 비교할까 봐서였다. 하지만 진심은 은진이 자랑스러웠다. 십오 분짜리 영상을 찍기 위해 은진이 종일 촬영하고 수도 없이 카메라를 옮기는 것도, 구독자들과의 약속을 지키기 위해 밤을 새우며 편집하는 것도 알고 있었다. 너무 힘들어서 가끔 예민해지는 것쯤은 자신이 이해해 줘도 될 일이었다. 은아는 잠시 생각하다 책상에서 일어나 방문을 열고 나갔다. 캐리어를 끌고 들어오던 은진이 자신의 방문을 열고 들어가려다가 이쪽을 돌아보았다. 놀랐는지 어깨를 흠칫 떠는 게 보였다.

"자고 있던 거 아니었어?"

"뭘 벌써 자. 숙제하고 있었어."

"내가 방해를 했나 보네. 숙제 마저 해."

그때 은아는 알았다. 그동안 배려해 왔던 것은 자신만이 아니었다.

"괜찮아. 근데 그 캐리어는 뭐야? 어디 갔다 왔어?"

"아, 협찬 촬영이 있어서. 강원도 펜션에."

은진은 가끔 업체로부터 협찬을 받아 광고 콘텐츠를 올리기도 했다. 이번에는 펜션의 의뢰를 받아 여행 콘셉트로 영상을 찍고 온 것 같았다. 일전에도 은아는 은진의 콘텐츠에서 그런 영상을 본 적이 있었다.

"아, 그럼 저기……."

은진은 거실 바닥에 캐리어를 뉘어 놓고 열었다. 옷과 촬영 장비로 가득 찬 캐리어 속을 뒤적이다 작은 종이 봉투 하나를 꺼내 내밀었다. 은아는 얼떨결에 그것을 받았다. 안에 꽤 묵직한 뭔가가 들어 있었다.

"펜션에서 팔길래 하나 사 와 봤거든."

은아는 종이 봉투 안을 열어 보았다. 병으로 된 스프레이가 들어 있었다. 편백 향 룸 스프레이라고 적혀 있었다.

"요즘 방 꾸미는 거에 관심 있는 것 같길래. 자기 전에 한번 뿌리고 자면 기분도 좋아질 것 같아서."

그동안 은아는 선생님이 조언한 대로 스스로 방을 청소하고 침구를 정리했다. 책상의 방향을 바꾸기도 했다. 벽에 붙여 놨던 책상을 돌려놓으니 눈앞이 트여 답답했던 기분이 사라졌다. 그렇게 자신의 마음에 들게 만들어 놓은 방에 들어가 누울 때마다 존중받는 기분이 들었다. 선생님 말대로 '나를 아무 곳에나' 누이는 것이 아닌 나를 대우해 주는 기분이 들었다. 그러고 나면 자신이 괜찮은 사람이 된 것 같았다. 자신의 마음속 어딘가 텅 비어 버린 곳에 단단하고 따뜻한 무언가가 조금씩 차오르는 것 같다는 생각도 들었다. 그런 변화를 은진은 알고 있었던 모양이었다. 은아는 은진이 자기 자신에게만 관심이 있는 줄 알았다. 동생인 은아에게는 아무 관심도 없는 줄 알았다. 그저 필요 없는 옷만 줄 뿐인, 좀 못난 동생 정도로 생각하고 있지 않을까 했었다. 이제는 알 것 같았다. 그건 자학이었다.

"고마워. 정말 잘 쓸게."

"마음에 들어?"

은아가 고개를 끄덕이자 은진은 가슴에 손을 얹고 크게 안도의 한숨을 내쉬었다.

"다행이다. 전번에 옷 사다 줬을 때처럼 맘에 안 들면 어쩌나 걱정했는데."

은아의 눈이 휘둥그레졌다.

"그게 사 온 거라고?"

"어? 그럼 당연하지. 설마 주워 온 거라고 생각한 건 아니지? 그게 그렇게 엉망이었나?"

"아니, 난 그게 아니라……."

은진이 입기 싫어서 주는 거라고 생각했었다. 그동안 얼마나 비뚤어진 시선으로 언니인 은진을 보고 있었는지 알 것 같았다.

"아무튼 맘에 들어서 다행이야. 잘 써 주면 고맙고."

은진은 바닥에 앉아 주섬주섬 캐리어를 챙기기 시작했다. 그 모습을 보는데 은아는 왠지 입이 간질거렸다. 선생님의 목소리가 떠올랐다.

'사랑한다고 말해도 돼.'

"언니. 사, 사……."

"응? 뭘 사라고?"

"사……. 아니, 언니 좋아하긴 하는데, 제발 촬영할 때는 문 좀 닫고 해! 나한테 짜증 내지 말고!"

은아는 얼굴이 빨개져서 방으로 뛰어 들어가 버렸다. 뒤에서는 아무런 소리도 들리지 않았다. 은진이 입을 벌리고 특유의 멍한 표정으로 굳어 있음을 보지 않아도 알 것 같았다.

방문에 기대선 은아는 자신도 모르게 웃어 버렸다. 그래, 이렇게 시작하면 될 것 같았다. 텅 비어 버린 자신을 채워 나가면 더 이상 움츠리지 않아도 될 것 같았다.

'다음엔 언니랑 젝스캐런에 파스타 먹으러 가자고 해야지.'

은아는 행복감을 느꼈다. 그 행복감이 오래가지 못할 거라는 걸 그때의 은아는 알지 못했다. 신화가 그렇게 어이없이 죽어 버릴 거라고는 생각할 수 없던 밤이었다.

잃다

　평소 시끄럽던 수업 전의 교실은 적막했다. 신화의 자리에는 신화 대신 흰 국화꽃 다발이 얹혀 있었다. 은아는 있어서는 안 될 자리에 있는 것을 보는 듯 믿을 수 없다는 눈으로 신화의 자리로 향했다. 평소 신화와 은아의 사이가 어땠는지 알던 아이들이 안타까운 눈길을 보냈다. 은아는 신화 대신 자리를 차지하고 있는 국화꽃을 손으로 쓸어 보았다. 이게 무슨 의미인가. 신화는 없는데, 이렇게 놓인 꽃 한 다발이…….

　꽃을 싸고 있는 비닐 위에 흐르는 물이 아니었다면 은아는 자신이 울고 있는 것도 깨닫지 못했을 터였다. 소리 없는 눈물이 하염없이 흘러나왔다. 가슴이 불에 데인 것도 같았고, 불덩이가 가슴에 걸려 온몸을 태우는 것도 같았다. 그걸 토해 내려는 사람처럼 입을 벌리고 억눌린 신음을 토해 냈다.

"아아······!"

은아는 그만 바닥에 주저앉고 말았다. 몇몇 아이들이 다가
와 은아를 부축하려 했지만 어떤 위로를 전해야 할지 몰라
했다.

교통사고였다. 그렇게 기대하던 소속사의 엠티(MT)를 가던
도중 연습생들을 태운 차가 전복하고 말았다. 톨게이트 쪽으로
빠지려 속도를 줄이려던 승합차의 옆구리를 엄청난 속도로 달
려와 추돌한 차량 때문이었다. 승합차에 타고 있던 일곱 명 중
목숨을 잃은 것은 신화 한 명뿐이었다. 뒷좌석에서 창가 자리
는 다 양보하고 가운데에 불편하게 끼어 있던 신화는 사고 당
시 앞 유리로 튀어 나가 사고 지점에서 몇 발짝 떨어진 곳에서
발견됐다고 했다. 당시 신화만 고장으로 인해 안전벨트를 매지
못했다고 했다.

"왜······."

"응?"

누가 목을 조르고 있는 듯 가쁜 숨을 쉬다 가까스로 내뱉은
말에 옆에 있던 유리가 눈을 동그랗게 떴다. 동시에 유리는 놀
랐다. 은아가 그렇게 무서운 얼굴을 하는 것은 처음 보았기 때

문이었다. 새빨갛게 달아오른 얼굴은 잔뜩 일그러졌고 눈에는 깊은 분노가 차올라 있었다. 신화가 앉던 책상 다리를 부여잡은 은아의 손이 파르르 떨렸다. 은아는 누구에게 향한 건지 모를 물음을 좀 전보다 또렷하게 내뱉었다.

"왜?"

순간 은아가 벌떡 일어섰다. 곧 수업이 시작될 것이었지만 그런 건 하나도 중요치 않았다. 은아는 그대로 교실 밖으로 뛰쳐나갔다. 뒤에서 아이들이 은아의 이름을 불렀지만, 은아는 멈추지 않았다.

운동장을 가로질렀다. 학교 지킴이 아저씨가 은아를 보고 무슨 일이냐는 듯한 얼굴을 했다. 외출 확인서든, 조퇴 허가증이든 갖고 있을 거라고 생각했을 것이다. 그러나 은아는 조금도 개의치 않았다. 아저씨가 불러도 그대로 학교 밖으로 달려나갔다.

학교 밖은 원망스러울 만큼 햇살이 따사로웠다. 지나가는 사람들은 여유로워 보였다. 엄청난 아픔에 삼켜져 슬픔으로 온몸이 젖은 것은 은아 하나밖에 없는 것 같았다. 숨이 찰수록 은아는 더욱 속력을 높였다. 그곳이 가까워질수록 원망이 부풀어 올랐다.

✳

"열어, 열라고!"

초인종을 연거푸 누르고 마구잡이로 현관문을 두드렸다. 이 집에 이런 기분으로 다시 올지는 상상도 못 했다. 둘만의 비밀을 간직한 신비로웠던 집은 이제 흉물보다 더 끔찍한 기분이 들게 했다. 현관문 가까이 누군가 걸어오는 소리가 들렸다. 은아는 다시 한번 온 힘을 다해 주먹으로 현관문을 쳤다.

"열어, 당장 열어!"

철컥하는 소리와 함께 천천히 문이 열렸다. 거기에는 은아와 같은 슬픔에 젖은 선생님이 서 있었다. 선생님은 울고 있었다. 그게 은아를 더 분노케 했다.

은아는 한 발짝 들어서며 선생님의 어깨를 거칠게 잡았다.

"알았잖아! 당신은 알았잖아! 미래에서 왔다며? 그럼 신화가 죽을 줄 알고 있었던 거잖아!"

선생님은 대답하지 않았다. 죄인처럼 떨군 얼굴에서 계속 눈물만 흘러내렸다. 은아는 다리에서 힘이 빠졌다. 바닥에 그대로 주저앉았다. 어깨를 잡았던 손이 선생님의 팔로 손끝으로 흘러내렸다. 선생님은 은아를 따라 바닥에 무릎을 굽히고 앉았다. 위로를 해 주려는 듯 은아를 안으려 했지만, 은아는 거칠게 그 손을 뿌리쳤다.

선생님의 이 행동만으로 알 수 있었다. 선생님은 자신이 왜 이러는지 지금 충분히 알고 있다. 그녀는 미래에서 온 자신이었다. 그러니 신화의 죽음을 미리 알고 있었다. 그렇다면 알려줬어야 했다. 그 엠티를 가지 못하도록 말렸어야 했다. 은아가 엠티 전체를 막지는 못했더라도, 적어도, 신화 하나만이라도 막을 수는 있었다. 자신이라면 그럴 수 있었다.

"왜? 왜 말하지 않았어? 왜? 왜 신화를 죽게 했어? 나라며? 그럼 알았을 거 아냐. 신화가 내게 어떤 의미인지! 왜 그랬어, 왜 말하지 않았어! 왜? 왜?"

은아는 악을 내질렀다. 절규하듯 온몸을 흔들었다. 은아의 손에 잡힌 선생님의 몸이 기운 없이 이리저리 흔들렸다.

"진정해. 내 말 좀……."

"이 살인자! 당신은 살인자야! 신화 살려 내! 살려……."

"말했잖아! 난 여기서 벌어지는 일에 개입할 수 없다고!"

은아의 말허리를 자르고 선생님이 소리쳤다. 마치 비명 같은 소리였다. 그만큼 선생님도 괴로워하고 있었다. 선생님은 자신과 같다. 그러니 당연히 같은 크기의 아픔을 느낄 것이다. 그래도, 아니, 그래서 이해가 가지 않는다.

"미래를 바꾸면 선생님이, 아니, 미래의 내가 무슨 벌이라도 받아? 그게 두려워서 신화를 죽였어?"

"그게 아니야."

은아는 실핏줄이 터져 빨개진 눈으로 선생님을 노려보았다. 어떤 대답이 돌아오더라도 이해할 수 없을 것 같았다.

"그 아이 사고에 대해서 얼마나 알아?"

은아는 눈을 깜박였다. 그런 질문이 나올지는 몰랐다. 그리고 왜 이런 질문을 하는지 알 수 없었다. 은아가 잠시 그러고 있자 선생님이 먼저 입을 열었다.

"상대측 운전자는 일흔여덟의 고령이었어. 신화가 탄 승합차가 톨게이트 쪽으로 빠져나갈 때 사고 났다는 건 들었지? 그 고령의 상대측 운전자도 거기로 빠져야 했는데 뒤늦게 알아차린 거야. 그래서 급하게 핸들을 틀었는데……. 브레이크를 밟으며 속도를 줄인다는 게 착각으로 액셀러레이터를 밟으면서 핸들을 틀어 버린 거야. 그래서 승합차의 옆구리를 들이받아서 전도됐어."

그런 사정인지까지는 몰랐다. 하지만 '그래서 뭐?' 하는 물음만 은아의 머릿속에 떠올랐다. 그런 생각이 훤히 읽히는지 선생님이 말을 이었다.

"그 아이의 죽음은 앞으로 많은 걸 바꿔 놔. 그 사건 이후로 고령자 운전의 위험성이 사회적으로 대두돼. 그래서 고령자의 운전면허를 갱신할 때 더 철저한 검증을 하게 되지. 대신 고령자의 교통 편의를 위한 법안들이 생겨나고. 그로 인해 많은 사고가 줄어. 사고가 줄었으니 당연히 사망자도 줄지. 무슨 소리인 줄 알아? 그 덕에 살아난 사람들이 있다는 이야기야. 그 아이를 살리면 더 많은 사람이 목숨을 잃는다는 거야. 그래도 넌 괜찮다고, 괜찮으니까 그 아이를 살려 달라고 말할 수 있어?"

선생님의 목소리는 너무나 슬프게 들렸다. 대답도 하지 못한 은아는 꺽꺽, 서러운 울음만 토했다. 은아는 아무 말도 할 수 없었다. 그 아이 대신 다른 사람들을 죽이라고 할 수는 없는 일이었다. 알지만, 그래도 마음이 너무 아팠다. 왕따나 다름없던 자신의 친구가 되어 줬던 아이, 용기 내어 잘못된 건 잘못됐다고 말할 줄 알던 아이, 꿈이 명확했던 아이, 꿈을 얘기할 때마다 행복해하는 얼굴로 눈을 반짝이던 그 아이.

"그래도 왜! 왜 그 아이여야만 했나요?"

우는 은아의 어깨를 선생님은 힘껏 끌어안아 주었다. 선생님 역시 울고 있음을 느낄 수 있었다.

✷

사고 이후로 며칠이 지났다. 선생님의 말대로 고령자의 운전면허 재발급 과정이 허술하다는 점에 대한 논란에 불이 붙었다. 신화의 어머니는 국민 청원을 올렸고, 불과 하루 만에 이십만 명이 넘는 사람이 동의했다. 변화는 그렇게 시작되고 있었다. 하지만 아직 은아는 아픔에 머물러 있었다.

그동안 은아는 학교를 빠지지는 않았지만, 어딘가 고장 난 로봇처럼 어느 것에도 집중할 수 없었다. 몇몇 아이들이 은아를 걱정해 주었다. 그 진심 어린 얼굴들을 보면서 신화를 생각했다. 신화가 아니었다면 생기지 않았을 친구들이었다.

집 안에서 마주칠 때마다, 은진은 흠칫 멈춰 서며 은아의 눈치를 살폈다. 사건에 대해 알고 있는 엄마에게서 이야기를 들은 모양이었다. 무슨 말을 해 줘야 할지 모르겠다는 얼굴이었지만, 그것뿐이었다. 옆에 서 있던 엄마는 시간이 없다는 듯 조바심 나는 얼굴로 은진을 향해 손목시계를 두드려 보였다. 유명세가 더해지면서 언니는 이따금 방송에도 출연하고 있었다. 처음엔 은진을 데려다주기만 하던 엄마는 이제 완전히 매니저가 되었다. 은아를 챙겨 주지 못하는 엄마는 이번 사건이 일어나자 더욱 곤란한 얼굴을 했다.

"괜찮니?"

"괜찮아요."

은아는 웃어 보였다. 괜찮지 않으면 안 됐다. 자신이 괜찮지 않으면 엄마는 은진의 매니저를 할 수 없을 것이고, 은진은 그러면 일을 줄여야 할 것이고, 일을 줄이면 수입이 줄어, 은진이 번 돈으로 스튜디오를 차리려던 아빠의 계획도 다 틀어져 버릴 것이기에, 은아는 괜찮아야 했다.

그날 이후로 선생님을 만나지 않았다. 특별히 찾아갈 일도 없었지만 자신의 아픔을 감당하기도 힘들었기 때문이었다. 그래서 갑자기 자신의 앞에 나타난 선생님을 보고 은아는 좀 놀랐다. 선생님은 은아가 하교하는 시간에 맞추어 아파트 정문 앞에 서 있었다. 선생님은 은아를 발견하고 미소를 지어 보였다. 은아는 말없이 선생님께로 다가갔다. 어떤 표정을 지어야 할지, 무슨 말을 해야 할지 알 수 없었다.

"잘 지냈니?"

은아는 고개만 수그릴 뿐 대답하지 못했다. 선생님이 은아의 양손을 그러잡았다.

"잘 지내야 해."

전기에 감전이라도 된 것처럼 은아는 고개를 퍼뜩 들었다.

그러고는 선생님의 얼굴을 보았다. 은아의 눈가가 파르르 떨렸다.

선생님의 말은 이별의 말과 같았다. 갑자기 가슴 언저리에 쿵, 하고 바윗돌이 떨어진 것만 같았다.

"……가세요?"

선생님은 웃었다.

"가셔야 해요?"

이번엔 고개를 끄덕였다. 은아의 눈에 순식간에 눈물이 차올랐다. 갑자기 두려움이 엄습했다. 이제는 자신의 옆에 신화도, 선생님도 없을 거라는 사실이 눈앞을 깜깜하게 했다. 은아는 고개를 마구 저으며 두서없이 말했다.

"가지 마세요, 선생님. 제가 지난번에 버르장머리 없게 말한 건 죄송해요. 그동안 찾아가지 않은 것도요. 제가 너무 아파서……. 그래서 못 찾아간 거예요."

"은아야."

"가지 마세요. 전, 선생님마저 없으면 전 죽을 것 같아요."

"그런 말 하면 안 돼. 신화가 열심히 살아 보고 싶어 했던 세상이야. 그렇게 말하면 신화가 슬퍼할 거야."

은아의 눈에 눈물이 줄줄 흘러내렸다.

"딱 한 사람이면 됐는데……. 그냥 날 이해해 주는 딱 한 사람이면 됐는데, 그 사람마저 잃었어요. 선생님이라도 제 곁에 있어 주시면……."

"괜찮아. 너의 한 사람은 너야."

그게 무슨 뜻인지 몰라서 은아는 눈물이 흐르는 얼굴을 그대로 들어 선생님을 보았다. 선생님은 더없이 다정한 미소를 지으며 한 손으로 은아의 눈물을 닦아 주었다.

"내가 말했지? 너는 나고, 나는 너라고."

은아는 고개를 끄덕였다.

"미래의 나를 살리는 건 현재를 살고 있는 너야. 사랑하는 한 명의 친구를 잃었지만, 그래도 그 친구 몫까지 힘을 내어 살아가는 너. 너 스스로 열심히 살았기에 미래의 내가 멋진 인생을 얻었던 거야. 너의 한 사람은 그래서 너야. 네가 하나의 존재로서 자존감을 갖고 변화하려고 노력했어. 그런 네가 없었다면 미래의 나도 없겠지. 지금의 네가 미래의 나를 구원하는 거야."

"나 스스로……."

"그래, 너 스스로."

은아의 귓가에 신화의 목소리가 스쳤다.

'너는 너로 존재해.'

신화의 그 말이 이제야 이해가 되는 것 같았다. 신화는 혹시 자신의 운명을 알았을까. 그래서 혼자 남을 은아를 위해 그런 말을 남긴 것은 아니었을까?

은아는 고개를 들고 선생님을 똑바로 응시했다. 눈물 때문에 젖은 얼굴이었지만 시선에는 강한 힘이 깃들어 있었다.

"그럴게요. 자존감을 갖고, 나를 좋아하면서 살아갈게요."

선생님은 감격한 얼굴로 웃었다.

"고맙다."

누가 먼저랄 것도 없이 선생님과 은아는 서로를 품에 안았다. 선생님이 은아의 등을 부드럽게 두드려 주었다. 은아는 선생님을 더 꽉 끌어안았지만, 알 수 있었다. 선생님의 존재가 자신의 품 안에서 서서히 사라지고 있다는 것을. 은아는 눈을 뜨지 않았다. 다만 끝까지 남는 선생님의 온기를 가슴에 담았다.

눈을 떴을 때, 선생님은 없었다.

한 사람

2025년 6월 4일.

눈을 떴다. 쨍한 빛이 눈을 찔렀다. 머릿속이 혼탁했다. 정신을 차리려고 미간을 찌푸리며 고개를 흔들었다. 그제야 깨달았다. 자신이 절벽의 나무뿌리를 잡고 매달려 있는 그 순간으로 돌아왔다는 것을. 그리고 늘어진 한쪽 손에는 절대 잃어서는 안 되는 그녀의 손을 붙잡고 있었다.

"언니."

이미 겪었던 때와 똑같은 목소리로 은아가 은진을 부르자 은진은 심장이 쿵 내려앉았다.

은진의 수상 기념으로 온 가족 여행이었다. 은진은 문화부에서 제정한 '대한민국 좋은 콘텐츠 대상'에서 금상을 수상했다. 은진이 스물다섯 살, 은아가 스무 살이었다. 여행지는 은진이 가고 싶어 했던 경주의 한 펜션이었다. 여행은 대체로 즐거웠다. 은진이 은아에게 새벽 등산을 하자고 하기 전까지만 해도 말이다.

산은 아직 어둠을 떨치지 못하고 있었다. 그래도 등산이 어려울 정도는 아니었다. 그런데 갑자기 발밑이 푹 꺼져 들어가는 느낌이 들었다. 아니, 실제로 그랬다. 은아가 섰던 그 자리 옆에 '연약지반, 가까이 서지 마시오.'라는 푯말이 붙어 있었다는 것은 사건이 나고 나서야 알았다. 은아에게 휘말린 것인지, 자신이 딛고 있던 땅 역시 무너진 것인지는 모르지만 정신을 차리고 보니 은진은 나무뿌리를 잡고 있었고, 다른 한 손으로는 은아를 잡고 있었다.

살려 달라고 외쳤고, 아래로 떨어져 내리는 돌덩이를 보며 두려움에 떨었다. 하지만 더 극한의 공포가 남아 있었다. 두 사람이 잡은 나무뿌리가 점점 휘어지고 있었기 때문이었다.

"나무가 부러질 것 같아."

은진은 울부짖었다. 나무를 잡은 손바닥도 아파왔고, 무엇보다 은아를 잡은 손의 힘이 빠질 것 같았다. 죽음의 공포가 처음으로 은진을 덮쳤다.

은아는 하늘을 올려다보았다.

"언니."

그때 뚝 하고 나무뿌리가 소리를 냈다. 은진은 대답도 하지 못했다.

"꼭 붙잡고 있어. 곧 아침 등산객들이 나타날 거야. 구조될 수 있어."

"너도, 너도 꼭 붙잡아."

웬일인지 은아는 대답하지 않았다. 은아는 파랗게 질린 입술을 살짝 깨물었다. 그러곤 한숨을 크게 쉬고 난 후 말했다.

"저 나무 두 사람은 못 버텨."

"뭐? 그게 무슨 소리야? 너 무슨 소리를 하려고 그래?"

은아는 "후……." 하고 웃었다.

"둘 중의 한 사람이라면, 언니겠지. 엄마 아빠는."

그 말을 끝으로 은아는 잡았던 손을 놓았다. 은진은 길고 긴 비명을 질렀지만 은아를 잡아 주진 못했다.

악몽 같은 그 기억이 아직 머릿속에 남아 있었다. 그래서 은진은 더 그때와 똑같은 목소리로 자신을 부르는 은아의 말에 대답하지 못했다.

똑같은 일이 벌어져서는 안 됐다. 하지만 사건에 직접적으로 개입할 수 없다는 것이 계약의 조건이었다. 그래서 과거의 은아에게로 갔다. 미래에서 온 은아라고 자신을 속였다. 은아가 알면 크게 화를 낼 일이지만 몰래몰래 읽었던 은아의 일기장이 도움을 줬다. 자존감을 키워 주려 노력했다.

하지만 모든 것이 허사였단 말인가.

"은진 언니."

은아가 다시 은진을 불렀다.

"저 나무, 두 사람은 못 버텨."

"조용해. 입 다물어."

은진은 이를 악물며 눈을 꾹 감았다. 무슨 일이 있어도 이 손을 놓지 않으리라 맹세했다. 그때 은아가 소리를 쳤다. 평소의 은아에게서는 들어 보지 못한 엄중한 목소리였다.

"뭐라는 거야? 정신 똑바로 안 차려? 이러다 두 사람 다 죽어. 그거 꼭 붙들고 있어. 놓치면 나 죽는다."

"응?"

은진은 눈을 떴다. 은아는 은진의 손을 잡은 채로 오른쪽 다리를 한껏 벌렸다. 그리고는 절벽을 다리로 쾅쾅 두드렸다. 흙먼지가 아래로 우수수 떨어졌다. 다섯 번쯤 찼을 때 나무의 다른 쪽 뿌리가 모습을 드러냈다.

"할 수 있어."

혼잣말하듯 중얼거리며 은아는 그쪽을 향해 손을 뻗었다.

"할 수 있어."

그 순간 은아의 손이 쑥 빠져나가는 느낌이 들었다. 은진은 차마 눈을 뜨지 못하고 꼭 감아 버렸다.

"언니."

화들짝 놀라 눈을 떴을 때 옆에 매달려 있는 은아의 모습이 들어왔다. 굽어진 뿌리에 다리를 걸고 늘어진 나뭇가지를 붙든 안정적인 모습이었다.

"은아야!"

"언니, 조금만 더 참아."

은아는 팔을 뻗어 나뭇가지의 위쪽을 잡았다. 그리고 자신의 몸을 끌어올렸다. 평소 운동을 게을리하지 않던 은아의 모습이 뒤늦게 떠올랐다. 은아는 기어이 지상으로 올라갔다.

이번엔 은진의 차례라는 듯 은아가 이쪽을 향해 달려왔다. 은진이 잡고 있던 나무뿌리 쪽으로 몸을 숙이며 팔을 뻗었다. 은진도 힘껏 팔을 뻗어 겨우 은아의 손을 잡았다.

하지만 거기까지였을까. 은아가 은진을 당겨 올리려 했지만 힘이 부족했다. 은아는 계속해서 '할 수 있어.'라며 주문을 외웠다. 그때였다.

"무슨 일이에요?"

누군지 모를 남자의 목소리가 위에서 들려왔다. 그리고 잠시 후 은진은 자신의 몸이 쑥 끌어올려지는 느낌을 받았다. 머릿속에 드는 생각은 '살았다'는 것과 '은아'뿐이었다.

'은아를 바꿨다. 은아를 살렸어. 아니, 은아가 날……'

과거의 은아를 만나고 오길 잘했다고 은진은 생각했다. 이후 은아의 삶은 달라졌다. 단단한 자존감이 있었고, 어디서도 주눅 들지 않았다. 사랑받고 싶어서 가족을 사랑한 게 아니라 온전한 마음으로 가족을 사랑했다. 은아를 바꿨기 때문에 자신도 살아날 수 있었다.

그 생각을 마지막으로 은진은 정신을 잃었다.

"언니, 버텨 줘서 고마워. 사랑해."

가물가물한 정신 사이로 은아의 목소리가 들려왔다.

2005년 8월 11일

"할아버지, 할아버지 어디 가요?"

다섯 살 은진은 건물을 벗어나 힘껏 달려 나갔다. 엄마가 손님을 맞이하는 동안 어디도 가지 말고 있어야 한다고 말했지만, 도저히 그 약속을 지킬 수는 없었다. 하늘나라에 갔다던 외할아버지가 조금 전 건물 밖으로 나가는 것을 보았기 때문이었다. 은진은 신발을 구겨 신은 채 다급히 그 뒤를 따랐다.

외할아버지는 웬 할머니의 뒤를 따라가고 있었다. 흰머리를 뒤로 깔끔하게 빗어 묶고, 검은색 정장에 숄을 걸친 할머니였다. 두 사람은 뒤늦게야 은진의 외침이 자신들을 향해 있다는 것을 깨달았는지 놀란 얼굴로 돌아보았다. 할아버지는 경악한 듯 입을 벌리고 있었고, 이상한 할머니는 눈을 크게 뜬 채 은진을 묘한 눈으로 내려다보았다. 할머니가 말했다.

"너…… 우리가 보이니?"

"할머니는 누구예요? 왜 우리 할아버지 데려가요? 할아버지, 엄마가 할아버지 하늘나라 간 줄 알잖아. 빨리 와."

은진은 할아버지 손을 덥석 잡았다. 그러자 두 사람이 더욱 놀라 서로를 바라보았다. 할머니가 고개를 내젓자 할아버지가 침착한 표정으로 은진의 앞에 한쪽 무릎을 굽히고 앉았다. 은진의 작은 손을 쥔 할아버지의 손이 놀랄 만큼 차가웠다.

"은진아. 할아버지는 갈 데가 있어. 그러니까 엄마한테 얼른 가 있어라."

"싫어! 그럼 나도 갈래!"

할아버지는 기겁하듯 외쳤다.

"네가 갈 수 있는 곳이 아니야!"

"싫어! 그럼 할아버지가 이리 와. 엄마! 엄마!"

은진은 뭐가 뭔지 알 수 없었지만, 할아버지를 얼른 엄마에게 데려다주어야겠다고 생각했다. 온몸을 비틀며 소리를 지르자 할아버지는 다시 한번 설득하려 은진의 손을 꽉 쥐었다. 그런데 그때 옆에 서 있던 할머니가 할아버지의 어깨를 잡았다. 할머니는 고개를 절레절레 저었다. 그러자 할아버지가 은진의 손을 놓고 한걸음 뒤로 물러났다. 은진은 재빨리 할아버지 옆으로 가 손을 꽉 잡았다.

할머니가 엄숙한 어조로 말했다.

"우리는 시간이 없단다. 네가 이렇게 떼를 쓰면 네 할아버지가 저어기 가서 아주 혼이 나실 거야."

"저어기?"

"그래."

"나도 갈 거야."

도돌이표처럼 계속되는 말에 할머니는 한숨을 지었다.

"가끔 혼을 보는 사람이 있다는 얘기는 들었지만, 난 이 생활 이백오십 년 만에 처음 봤네."

할머니는 혼잣말을 하고는 다시 은진을 쳐다보았다. 그리고는 어르듯 말했다.

"좋아. 그럼 은진이가 할아버지 손을 놓으면 이 할머니가 다음에 만날 때 선물을 줄게."

"무슨 선물?"

"글쎄다. 소원이라도 들어주련?"

"언니, 버텨 줘서 고마워. 사랑해."

"그래도 왜? 왜 그 아이여야만 했나요?"

"너는 너로 존재해."

"아? 정말? 나랑 이름이 같은 친구가 있어?"

"당신은 알았잖아? 미래에서 왔다며?

그럼, 신화가 죽을 줄 알고 있었던 거잖아?"

"내가 말했지? 너는 나고, 나는 너라고."

"지금의 네가 미래의 나를 구원하는 거야."

안녕하세요. 이 책을 지은 정해연 작가입니다.

모두 어떻게 책을 읽으셨는지, 마지막까지 읽고 나서는 어떤 마음이신지 궁금하네요.

저는 소설책의 제일 첫 번째는 역시 재미라고 생각하니까요.

여러분의 책을 읽는 몇 시간이, 혹은 며칠이 재미없지만은 않았으면 좋겠다는 생각입니다.

이 책의 제목인 《사실은, 단 한 사람이면 되었다》의 '한 사람'은 여러 의미를 담고 있습니다.

내성적이고 소심한 은아를 변화시킨 것은 갑자기 나타난 교생 선생님(다른 사람)일 수도 있고, 스스로 변화하기를 원하고 변화를 받아들이려 노력한 은아(나)일 수도 있습니다.

이 이야기를 쓰면서 저의 학창 시절을 많이 떠올렸습니다. 저도 은아와 같은 상황이었어요. 친구도 없었고, 굉장히 말도 없었죠. 그런 저에게 다가와 준 친구가 있어 저는 평범한 학창 시절을 보낼 수 있었지만, 이런 성격의 저를 탈피하고자 많은 노력을 하기도 했습니다. 그래서 미래의 나를 구원해 줄 수 있는 사람은 현재의 나일 수도 있다는 생각이 들어 이 이야기를 만들었습니다.

이 작은 이야기가 책으로 나올 수 있도록 해 주신 북멘토 대표님께 감사드리고, 이 책이 나오기까지 도와주신 은아 님, 정우 님, 상준 님께도 깊은 감사를 드려요. 그리고 무엇보다 이 책을 읽어 주신 여러분께도요.

감사합니다.

정해연

TELE PORTER

사실은, 단 한 사람이면 되었다

1판 1쇄 발행일 2023년 2월 13일
글 정해연 펴낸곳 (주)도서출판 북멘토 펴낸이 김태완
편집주간 이은아 편집 김경란, 조정우 디자인 안상준 마케팅 이상현, 민지원, 염승연
출판등록 제6-800호(2006. 6. 13.)
주소 03990 서울시 마포구 월드컵북로6길 69(연남동 567-11) IK빌딩 3층
전화 02-332-4885 팩스 02·6021-4885
🏠 bookmentorbooks.co.kr ✉ bookmentorbooks@hanmail.net
🅾 bookmentorbooks__ 🅵 bookmentorbooks

ⓒ 정해연 2023

ISBN 978-89-6319-503-2 03810